16	3	2	13
5	10	11	8
9	6	7	12
4	15	14	1

Gustav T. Fechner

DA ANATOMIA COMPARADA DOS ANJOS

Seguido de Sobre a Dança *e de um ensaio de William James*

Tradução
Paulo Neves

editora■34

EDITORA 34

Editora 34 Ltda.
Rua Hungria, 592 Jardim Europa CEP 01455-000
São Paulo - SP Brasil Tel/Fax (011) 816-6777

Copyright © Editora 34 Ltda., 1998

A FOTOCÓPIA DE QUALQUER FOLHA DESTE LIVRO É ILEGAL,
E CONFIGURA UMA APROPRIAÇÃO INDEVIDA DOS
DIREITOS INTELECTUAIS E PATRIMONIAIS DO AUTOR.

Capa, projeto gráfico e editoração eletrônica:
Bracher & Malta Produção Gráfica

Revisão:
Selma Caetano

1ª Edição - 1998

Catalogação na Fonte do Departamento Nacional do Livro
  (Fundação Biblioteca Nacional, RJ, Brasil)

```
       Fechner, Gustav Theodor, 1801-1887
F415d    Da anatomia comparada dos anjos / Gustav
       Theodor Fechner; tradução de Paulo Neves.
       — São Paulo: Ed. 34, 1998
       144 p.
       ISBN 85-7326-097-1

          1. Ensaio alemão.  I. Título.

                                    CDD - 834
```

DA ANATOMIA COMPARADA DOS ANJOS

DA ANATOMIA COMPARADA DOS ANJOS	7
Prefácio	9
Introdução	11
I. Da forma dos anjos	17
II. Da linguagem dos anjos	35
III. Os anjos têm pernas?	43
IV. Os anjos são planetas vivos	51
V. Do sentido dos anjos	63
VI. Hipótese conclusiva	71
SOBRE A DANÇA	73
FECHNER, POR WILLIAM JAMES	91

Da Anatomia
Comparada dos Anjos
(1825)

PREFÁCIO

A época moderna granjeou um notável mérito ao buscar com assiduidade estender à formação do homem as elucidações obtidas pelos estudos comparados sobre a formação das criaturas inferiores. Entretanto, ainda não se cogitou realizar investigações no mesmo sentido acerca das criaturas superiores, embora resultados igualmente proveitosos se possam esperar do assunto. O objetivo deste ensaio é começar a preencher tal lacuna. Tendo procurado em vão, no sistema de Lineu, um nome para o objeto de minhas observações, vi-me obrigado a adotar a denominação popular de "anjo", que engloba comumente as criaturas superiores. Se as considerações a seguir se afastam de algum modo das representações convencionais dos anjos, elas oferecem, no entanto, retificações que só poderão ser bem acolhidas.

INTRODUÇÃO

Tomado em seu conjunto, o ser humano não é menos pequeno-burguês e imbuído de si mesmo que os homens individualmente. Face ao espelho da contemplação de si, ele se observa com prazer e se considera a obra-prima da criação. Mas é pouco provável que, na terra, juntamente com o globo imperial da soberania, ele detenha também o pomo de ouro da beleza; num concurso geral de beleza, aberto a todas as criaturas universais, talvez não ganhasse sequer o caroço desse pomo. A forma humana certamente nos agrada, já que somos homens; por conseguinte, nosso sentimento, erigido em juiz, toma instintivamente partido; mas Cícero já declarou que o mesmo motivo incita certamente o cavalo a buscar na espécie-cavalo, e o asno na espécie-asno, o ideal da forma. Como se vê, a vaidade é um defeito natural, que não atinge apenas os indivíduos mas também as espécies; pelo menos, não façamos de nosso orgulho um Páris que distribuiria o pomo[1].

Deixemos portanto esse juiz corrupto e voltemo-nos para a razão que, esta sim, possui um olhar frio e impassível, e, na certa, mais claro e imparcial para julgar a forma do homem; eis o que ela nos declara: Seja qual for a beleza, exijo dela no mínimo a harmonia da forma. Mas, se observo a forma humana, com seus múltiplos ângulos, saliências, deformidades, orifícios, cavidades etc., vejo nela, para todos os efeitos, uma máquina adequadamente disposta em função de diversos mecanismos úteis, mas ignoro exatamente onde estaria a beleza do conjunto. Parece-me antes que prevalece uma tendência desafortunada, ou melhor, semi-afortunada, no que concerne a partes separadas: na testa saliente, na forma do seio feminino, na flor do homem que é o olho, a única parte quase perfeita; mas essas diferentes partes, que parecem ter custado esforços à beleza, não se combinam num conjunto

---

[1] Alusão ao episódio mitológico do Julgamento da beleza das deusas Hera, Atena e Afrodite por Páris. (N. do T.)

onde a razão encontraria a harmonia que exige da beleza; e, em muitas partes, ela não vê senão instrumentos de trabalho e utensílios econômicos, peças acrescentadas ao corpo, mas não os membros que o conceito de beleza requer. No entanto, a beleza deve conter em si sua unidade, e não tomá-la de empréstimo, por utilidade ou interesse, do usuário. Repito: devemos fazer essas observações com imparcialidade, deixando de lado a sensibilidade, inerente ao homem enquanto ser humano. Doravante, estamos bem acima da Terra, percebemo-la juntamente com todos os corpos celestes, comparamos suas criaturas; e temos o direito, se encontrarmos outras mais perfeitas onde quer que seja, de sorrir da silhueta irregular e montanhosa do homem, que emite um som no qual se reconhece em toda parte, por assim dizer, o dedilhado grosseiro da natureza, e que, além disso, dá o tom desajeitadamente.

Na realidade, independente do fato de a razão ser bastante indelicada ao nos dizer que poderia haver criaturas ainda mais belas que nós, se recusamos crer nisso, ainda que pelo mesmo motivo que leva o apaixonado a se zangar se não derem aos encantos de sua bem-amada o primeiro lugar, é porque somos apaixonados por nós mesmos; portanto, mesmo posta de lado essa demonstração da razão, não estamos longe de concluir que devemos esperar encontrar em nossa Terra a forma mais acabada. Isso seria possível se a Terra ocupasse a primeira posição no Universo; mas ela não a ocupa sequer em nosso sistema planetário, pois sua posição não é nem a mais próxima do Sol, nem a mais distante dele, nem mesmo a do meio entre os outros planetas; logo, mesmo se o Sol, na qualidade de rei, não devesse naturalmente sobrepujá-la, a Terra, em função de sua posição no sistema planetário, só poderia figurar como um membro intermediário. Num corpo celeste mais altamente elaborado, pode-se esperar encontrar seres também mais perfeitamente ordenados.

Mas, se a forma humana posta em seu devido lugar mostra que o ápice da arte divina ainda não foi alcançado, será que não podemos imaginar, agora, rumo a que formas essa arte pode ser levada por seus progressos ulteriores? Tomemos então nossa luneta, olhemos os corpos celestes, cuja posição superior à nossa não podemos contestar, e vejamos se lá existem realmente tais criaturas. Após as descobertas de Gruithuisen sobre a Lua[2], de modo nenhum esse fato será tido por impossível. O olho corporal já percorre o universo em todos os sentidos com botas de quarenta mil léguas; quantas léguas suplementares poderão ser percorridas com o olho espiritual, se para o olho corporal a distância parecia prodigiosa demais? Entrego ao mundo o resultado de minhas observações, dirigidas principalmente para o Sol e seus arredores. Quem olhar pela mesma luneta as verá confirmadas e não terá necessidade de mais amplas demonstrações. As provas da exposição a seguir, e todo o vestuário com que se enfeita, estão aí para os que carecem dos meios da experiência direta.

---

[2] Franz von Gruithuisen (1774-1846) emitiu a hipótese de que as crateras lunares haviam sido causadas por um bombardeio de meteoros.

I. DA FORMA DOS ANJOS

Ao estudar a forma humana, observei um conjunto de superfícies acidentadas, cavidades e saliências; desse agregado, era-me impossível extrair a menor coerência intrínseca. Perguntei-me, porém, se uma forma mais acabada não se desprenderia dele. Comecei a despojar o homem de suas desigualdades e de suas deformidades assimétricas; quando cumpri essa tarefa, retirada e polida a última protuberância que prejudicava a coerência de sua forma, não restava mais que uma simples esfera.

Contemplei minha obra e balancei a cabeça ao ver essa esfera rolar diante de mim, esfera sem jamais ser outra coisa senão esfera. É verdade que Xenófanes, célebre filósofo naturalista antigo, cujas idéias são hoje suficientemente conhecidas, via Deus sob a forma de uma esfera; é verdade que a harmonia, como a unidade, são a mesma essência da beleza, e esta não pode se exprimir em toda a sua pureza senão sob a forma de uma esfera; mas, para que a harmonia tenha um sentido, ela deve se acompanhar de uma certa diversidade. Espero do ser mais completo um desenvolvimento espiritual completo na mesma medida, que haja lugar no corpo para uma expressão na qual o espírito possa se refletir; mas de que expressão uma esfera pode ser a prova, quando ela não deixa impressão em parte alguma? Considerei minha obra com repugnância.

Se houver enamorados entre os meus leitores, é provável que não me perdoem essa repugnância. Reneguei minha obra por ser uma esfera, e "que outra coisa vejo, quando fito teus olhos azuis, senão duas esferas, que a própria alma parece ter eleito por domicílio? Não é o olho em toda parte o que dá uma expressão espiritual ao homem?!" Pensei nisso e compreendi, desde então, que uma esfera também pode ter uma alma e exprimi-la, mas não convém representá-la como uma bola de bilhar. Voltei a amar minha obra, ela havia se tornado um olho maravilhoso.

O homem é um microcosmo, isto é, um universo em miniatura; a filosofia e a fisiologia estão de acordo em demonstrá-lo. Seu órgão mais nobre é uma esfera alimentada de luz, como o será o órgão mais nobre do grande universo, com a única diferença que seu desenvolvimento será autônomo e sem fim.

Veremos já de que maneira dois detalhes contribuem para dar aos anjos a forma de uma esfera. A noção de forma perfeita conduz a esse resultado; e toda proposição que pudesse ser contrária se anula, pois podemos demonstrar que na Terra o órgão mais acabado e mais finamente sensível entre as criaturas tem precisamente a forma de uma esfera. A Terra, como que situada num nível inferior, certamente ainda não teve capacidade suficiente para fazer da esfera um ser autônomo, para fazer do homem em sua totalidade parte mais nobre dessa esfera que é ela mesma; em troca, essa parte mais nobre da Terra foi capaz de realizar com seu órgão mais nobre, o olho, essa forma esférica, apogeu de todas as formas. Qualquer objeção naturalmente cairá quando mostrarmos mais adiante que as modificações feitas nas formas, produtoras de diversidades, não interferem no fato de os anjos terem uma forma esférica, mas nem tudo pode ser demonstrado ao mesmo tempo. A esfera continua sendo a forma fundamental, e por enquanto só queremos ver nela a forma fundamental da beleza.

Os elementos de prova fornecidos até aqui, e que em parte se baseiam apenas em exigências conceituais, talvez apresentem em si mesmos alguma fraqueza, mas eles adquirem força ao estabelecerem um surpreendente nexo com a seguinte demonstração, fundada nos fatos reais da natureza.

A formação de cada ser natural é calculada em função do elemento no qual ele vive, cada elemento constitui, por assim dizer, suas próprias criaturas; e, se a estrutura delas não correspondesse a esse elemento, nenhum ser poderia viver.

O elemento do Sol é a luz; logo, se existem criaturas solares (e quem ousaria contestar-lhes a posição mais elevada que ocupam em relação às criaturas terrestres, já que são filhas do corpo do Universo, situado em posição dominante entre os outros corpos), que outra coisa elas poderiam ser senão olhos que se tornaram autônomos?

Pode-se igualmente considerar o olho como uma criatura autônoma de nosso corpo; também ele tem a luz por elemento e sua estrutura é função desse elemento. Inversamente, uma criatura cujo elemento é a luz terá uma estrutura de olho, precisamente porque isso se condiciona reciprocamente.

Por esse motivo, podemos já considerar nosso olho como uma criatura solar na Terra. Ele vive pelos e nos raios do Sol, e apresenta portanto a forma de seus irmãos solares. É verdade que os efeitos do Sol nos chegam fracamente na Terra; o homem vive, na maior parte, no seio dos elementos terrestres, que aliás se apropriam da maior parte de seu ser; por causa de sua longínqua influência, o Sol pôde fazer apenas de uma pequena parte do homem sua criatura, e teve que parar na primeira etapa de seu desenvolvimento.

Em troca, as criaturas solares, que chamo anjos em razão de sua natureza superior, são olhos que se tornaram livres, cujo desenvolvimento interno se completou, mas sempre concebido segundo o mesmo modelo que estes. A luz é seu elemento, como o ar é o nosso, e toda a sua estrutura é calculada em função desse elemento, até o que tem de mais íntimo.

O detalhe seguinte contribui igualmente para tornar verossímil o fato de o modelo do olho estar na base de uma criatura autônoma, superior:

O olho contém todos os sistemas que formam o organismo inteiro do homem, ele os traz consigo em miniatura, mas numa ordem muito determinada: com efeito, um sistema se organiza sempre de maneira concêntrica em torno de um outro, enquanto esses mesmos sistemas se misturam no resto do organismo de maneira muito desordenada.

O olho é um organismo inteiro em miniatura; mas é um organismo no qual a natureza em formação conseguiu se decantar.

O sistema nervoso transformou-se em retina; o sistema vascular a cercou, tomando a forma de uma túnica de pequenos vasos envolvida, por sua vez, por um sistema de películas fibrosas, de pele dura; aqui se instalam num belo arranjo os músculos oculares; o conjunto é protegido por uma estrutura óssea, as paredes da órbita. A parte restante do olho, que dá para o exterior, é recoberta pela conjuntiva, prolongamento da pele externa; essa conjuntiva, à semelhança da pele externa, pode adquirir características de uma mucosa; a cavidade ocular anterior é recoberta por uma pele serosa.

Como o olho reúne dentro dele, da maneira mais ordenada que existe, todos os elementos de uma criatura autônoma, como sua forma externa se ajusta ao conceito universal da beleza, como, além disso, tem uma vida cheia de luz, o que seria legítimo esperar dos anjos, como, enfim, vemos o Sol — o suposto abrigo das criaturas superiores enquanto centro de nosso sistema planetário — cercado de uma atmosfera luminosa para a qual é concebida a estrutura do olho, temos aqui já reunida uma quantidade apreciável de dados que conduzem a um único e mesmo resultado, e somos levados por caminhos muito diferentes a um mesmo objetivo. Mas sigamos adiante.

"Os extremos se tocam": eis um provérbio cujo verbo é muito justo. Mas eles se tocam apenas de um lado, enquanto do outro estão infinitamente afastados. Em todas as suas relações, a natureza obedece a essa lei. Vejamos alguns exemplos:

Observem uma extensão de água, que nada vem perturbar; ela é polida como um espelho; atirem-lhe uma pedra, e uma onda se forma; atirem-lhe duas pedras, duas ondas vão se cruzar; quanto mais ondas provocarmos, mais a água irá se agitar. Mas se provocarmos inumeráveis ondas ao infinito, uma em cada ponto, a água de novo oferecerá a aparência de um espelho, pois doravante nenhuma onda pode se distinguir visivelmente das outras.

Na superfície, a extensão de água sem nenhuma onda e aquela que as ondas agitam ao infinito se afiguram semelhantes; e por esse motivo os extremos se tocam e coincidem; mas, embora coincidam desse ponto de vista, uma diferença interior se instala entre eles que, de um outro ponto de vista, os mantêm infinitamente afastados um do outro. Pois no primeiro caso nada é ativo na água, e no segundo a atividade infinita simplesmente adquire a mesma aparência.

Outros exemplos: objetos movidos em nenhuma direção ou em todas as direções ao mesmo tempo permanecem igualmente em repouso.

Um crânio que não contém nenhum órgão biliar, ou que contém todos num estágio de desenvolvimento mais acabado e simétrico, será igualmente liso.

As primeiras idéias, infantis e naturais, que a humanidade concebe são sempre aquelas a que a filosofia acaba por voltar, mas com uma consciência plenamente desenvolvida.

O infinitamente pequeno e o infinitamente grande são igualmente inconcebíveis.

Os exemplos precedentes serão suficientes, embora pudéssemos citar outros, para provar a universalidade de nosso tema. Passemos agora a ele.

Os mais primitivos infusórios, primeiro esboço da vida criada, têm a forma de uma pequena esfera, mas ainda muito grosseira, composta de uma massa homogênea da qual o microscópio nada pode distinguir em particular. Órgãos internos ou sistemas são inexistentes. A criatura mais elevada será, segundo nossa lei, esférica como os infusórios, com a única diferença que sua organização interna será a mais desenvolvida que existe.

Cada criatura inicia igualmente seu desenvolvimento a partir de uma esfera, de um ovo (inclusive o homem no ventre materno), e retomaria por progressos sucessivos essa forma, se não fosse retida num estágio inferior da formação por causa da constituição própria da Terra onde deve viver, a Terra que pertence a uma ordem inferior.

Mas, ao atravessarmos os estágios inferiores, elevamo-nos até a parte principal da criatura, a cabeça, que vemos tornar-se cada vez mais esférica, chegando no homem a sê-lo quase totalmente. A cabeça do homem, com efeito, é bem mais esférica que a de qualquer outro animal.

Mas isso ainda não é o mais notável. Muito mais é a maneira como a natureza procede para tornar a cabeça esférica, a relação que aqui se estabelece com os olhos.

Que se coloque um crânio humano ao lado do crânio de um animal quadrúpede (quem não possui esse crânio poderá fazer a comparação com criaturas vivas, mas ela será menos nítida à primeira vista) e que se veja como a cabeça do animal se transforma na do homem. Observar-se-á o seguinte:

A cabeça inteira se arredonda, à medida que nos aproximamos do homem, em torno de um certo ponto preciso, ou, em outras palavras, essa cabeça tende a se formar de tal modo que se torna uma esfera e que um certo ponto da cabeça se torna o ponto central dessa esfera. Esse centro de atração, que tende a ordenar toda a cabeça como uma esfera em torno dele, é o ponto médio entre os olhos, a base do nariz.

No animal, a testa se orienta da base do nariz para trás, no homem ela se inclina para a frente, arrastando consigo toda a parte superior do crânio.

Se a testa avançasse ainda mais, cobriria o ponto a partir do qual ela parte, ao mesmo tempo que este, isto é, o ponto entre os olhos, permaneceria imóvel (esse ponto no qual a testa se enraíza como um *radius vector*).

Enquanto a parte superior do crânio se dirige para frente, a fim de constituir um rebordo acima dos olhos, a parte inferior avança igualmente e torna a subir para constituir a base da cavidade orbital, completando assim a proteção dos olhos. O que sem dúvida nenhuma provém do avanço do orifício occipital e da pequena aba esfenoidal.

Mas é preciso acrescentar a isso que, nos animais, os olhos são laterais, às vezes mesmo bastante recuados, e o intervalo que os separa é longo. Quando nos elevamos até o homem, as órbitas se deslocam dos lados para a frente, a fim de se aproximarem de cada lado do ponto central, o que provoca uma redução cada vez maior do intervalo entre os dois olhos e orienta a pupila cada vez mais no sentido da face.

Assim, a cabeça tende a se concentrar em nosso ponto central.

Se prolongarmos o último movimento descrito a partir do ponto em que esse movimento se deteve no homem, veremos então os dois olhos se juntarem em nosso ponto central e se fundirem num único olho.

Essa união já é prefigurada pela reunião do nervo óptico e pela visão única de nossos dois olhos.

Em realidade, era um erro nomear o ponto da base do nariz como ponto central para o qual tudo tenderia. Na verdade, os próprios olhos formam os centros para onde converge toda a cabeça. Mas, como o ponto do nariz se acha justamente no meio dos olhos, a cabeça inteira dá apenas a aparência de tornar-se esférica em função dele, quando em realidade ela assim se torna por causa dos olhos, que são eqüidistantes dele.

Mesmo o fato de os olhos se deslocarem dos lados para a frente não tem relação alguma com esse ponto. Os olhos atraem a cabeça inteira, mas eles próprios só são atraídos um pelo outro; e, como cada um deles atrai seu oposto, ambos tendem cada vez mais em direção ao outro, até se fundirem finalmente no ponto do nariz, metade do intervalo que os mantém ainda separados. E é somente em tal momento que esse ponto será elevado à dignidade de ponto central, de fato e de direito.

À primeira vista, é do comportamento dos dois ossos próprios do nariz — cujo movimento e mudança de forma no progresso da organização não têm relação com esse centro, mas sim com os olhos mesmos — que resulta portanto a prova de que não é o centro entre os dois olhos, mas os dois olhos mesmos que constituem o ponto central de atração. De fato, os ossos do nariz, entre os animais, têm uma forma achatada que se situa na mesma linha que a testa; mas, assim que os olhos se voltam para a frente, os ossos do nariz fazem saliência para se contraporem aos olhos, cada osso por seu lado, e é assim que se forma o nariz aquilino do homem.

É a essa disposição de todas as partes da cabeça em torno do olho que o homem deve o fato de ter as órbitas mais fechadas do reino animal.

Mas a natureza não se deterá no estágio desse semi-fechamento que ela atinge no homem. Imaginemos as órbitas como dois hemisférios postos na cabeça. No animal, elas estão situadas inteiramente do lado da cabeça e se viram mais ou menos às costas; no homem, elas se deslocaram para a frente e se viraram de tal modo que têm sua abertura frontal numa superfície plana; mas, à medida que se aproximarem, elas continuarão a se virar, de modo que a abertura de um hemisfério vigiará a do outro e os dois hemisférios côncavos se reunirão numa única esfera oca, ou então, das duas órbitas só restará uma e haverá, como foi dito, um único olho.

No seio da natureza, os movimentos e as evoluções de toda ordem se efetuam sem limite, se nenhum obstáculo as vem deter. Para as criaturas da terra, o obstáculo terrestre que impede a evolução progressiva para o alto sobrevém mais cedo que para as criaturas mais elaboradas; e, para os animais, mais cedo que para os homens; mas mesmo assim temos uma pequena idéia da direção que toma o progresso rumo a um desenvolvimento mais perfeito.

Tudo aquilo que vemos no homem apenas em curso de evolução, em fase transitória, será completado na criatura superior. O cérebro irá se distribuir em torno do olho e o envolverá como seu corpo, onde circulará éter nervoso em vez de uma grosseira massa sangüínea como em nosso corpo; mas isso não impedirá que a luz penetre o mais profundo. Pois nossa massa cerebral e nervosa se compõe de uma substância translúcida que somente a morte opacificará, por coagulação da albumina[3].

Mas todas as partes do corpo, cuja existência e significação se devem apenas à sua relação com a Terra, serão suprimidas.

---

[3] De acordo com as recentes pesquisas anatômicas, a luz deve penetrar igualmente em nosso olho, graças a uma camada de substância neuroganglionar, antes de atingir as fibras nervosas da retina, encarregadas de conduzir a luz ao cérebro.

Assim, no homem, a cabeça se destaca em parte, graças ao pescoço, do resto do corpo e aspira a levantar vôo em direção ao Sol, lutando contra a gravidade; mas os pés a mantêm ainda no solo. Esse desprendimento é muito mais nítido para o homem que para qualquer outro animal, pois, se o cisne e a girafa possuem um longo pescoço, a cabeça parece no entanto o simples prolongamento deste, e o peixe não tem em absoluto pescoço. A parte principal da cabeça, que constitui apesar de tudo seu porte em altura, não se separa dos maxilares superior e inferior que representam eles próprios, por assim dizer, o tronco e os membros terrestres da cabeça; estes se adelgaçam à medida que se aproximam do homem e se atrofiam na transição, passando do estágio de instrumentos predadores ao de alimentares. Mas um anjo não tem necessidade de instrumento alimentar, pois nada mais de sólido se oferece a ele.

Enfim, vejamos a prova da importância capital dos olhos em nossa cabeça.

Quando exprimimos alegria, produz-se uma extensão de todos os traços do rosto a partir dos olhos, enquanto para o sofrimento os traços se concentram em direção a eles[4]. Quando exprimimos amor, todos os traços do rosto se estendem paralelamente à linha de ligação dos olhos e se alargam suavemente; se for ódio ou cólera que os animam, eles se franzem todos em direção à linha central, de modo que as rugas horizontais da testa se chocam perpendicularmente à linha dos olhos. Disso podemos deduzir com certeza a expressão dos mesmos estados de alma nos anjos, supondo que essa expressão seja tão perfeita neles quanto lhos permite sua forma perfeita. Assim, a esfera de um anjo se dilatará em todos os pontos ao exprimir alegria, ao

---

[4] No que concerne às partes inferiores do rosto, cumpre observar que a boca — quando rimos ou, mais geralmente, quando exprimimos alegria — se abre ligeiramente, provocando com isso um rebaixamento do queixo, ao passo que, quando exprimimos o sofrimento, toda a zona que engloba o nariz, a boca e o queixo se acha crispada para cima. Mas isso não contradiz o fato de o queixo se abaixar quando o homem abre a boca para gritar de dor, pois o grito é uma tendência instintiva para aliviar a dor, enquanto a crispação é a pura expressão desta.

passo que se retrairá inversamente na expressão da dor; para exprimir amor, ela se estenderá na forma de disco em direção a seu objeto, enquanto no ódio se estenderá como uma lança que se afasta de seu objeto. A cabeça do homem não é capaz dessas expressões porque ela representa apenas, por assim dizer, um anjo aleijado e em parte esclerosado; por isso o homem busca exteriorizar melhor sua expressão com o auxílio de todo o corpo; na alegria ele não se contém e salta em todas as direções, a dor o faz curvar-se sobre si mesmo, no amor ele abre os braços para acolher o objeto de seu desejo, no ódio brande o punho cerrado e se lança com ímpeto para golpear o adversário. Com todos esses movimentos, o homem não está pronto para se tornar um anjo.

II. DA LINGUAGEM DOS ANJOS

Os anjos comunicam seus pensamentos pela luz. À guisa de sons, eles têm cores. Uma massa inteiramente inanimada se faz destacar de uma outra unicamente pela sensação, por uma pressão direta, tal como a pedra quando repousa sobre a pedra. A substância compacta nela mesma, que constitui a ambas, é o veículo de sua comunicação.

Dão prova de uma maior vitalidade as massas que se comunicam entre si pelo gosto, isto é, por trocas químicas (o gosto, com efeito, não é senão a sensação de uma reação química que se produz nas substâncias). Os sais são dessa espécie. O veículo de sua comunicação é a substância líquida na qual se dissolvem (pois eles só podem produzir reação química entre si quando dissolvidos). A linguagem que eles utilizam para se falarem já se transmite mais longe que a dos seres precedentes, nos quais só o contato direto é efetivo.

As plantas se comunicam entre si pelo odor; o veículo de sua comunicação é a exalação; sua linguagem se propaga ainda mais longe que a dos seres precedentes. Mas, assim como para as substâncias químicas, a linguagem só intervém quando os átomos se atraem um ao outro para se unirem — unicamente na união —, o mesmo se aplica às massas inteiramente inanimadas, o perfume da planta, que só exala durante a floração, sinal do despertar sexual, parece ter por único objetivo incitar as partes masculinas e femininas da planta a se unirem mutuamente.

O animal se comunica pela audição; o veículo de sua comunicação é o ar; sua linguagem se propaga ainda mais longe que a dos seres precedentes. Mas também ela tem por objetivo principal incitar à união mútua.

O próprio homem se exprime principalmente pelo som; no entanto, ele o usa apenas para produzir idéias, graças à fecundidade mútua de dois espíritos. O homem mostra a que ponto se aproxima do estágio superior quando utiliza também a escrita para se comunicar, pois essa é uma linguagem que se difunde bem mais amplamente que as anteriores.

Parece agora estar faltando uma criatura ainda mais elevada que se comunicaria com as outras pela visão, para a qual a luz seria o veículo da linguagem. A marcha evolutiva da natureza nos conduz a ela. Essa criatura é o anjo. Sua linguagem se estende bem mais longe ainda que as precedentes; e, se já pudemos assinalar na progressão seguida até aqui a maneira como a linguagem evoluiu cada vez mais, permitindo uma expressão sempre mais sutil, com a luz como veículo da linguagem atingimos o ápice; pois as cores e as formas permitem combinações infinitamente mais variadas que os sons; e é fácil prever que os anjos contam ainda com numerosas variações de luz que não podemos perceber, pois toda a sua estrutura é concebida para esse efeito, ao passo que nosso olho só é capaz de refletir uma pequena impressão destas. Da mesma maneira, é possível que muitos animais não distingam os agudos, pois seu aparelho auditivo não é concebido com a mesma estrutura perfeita que o nosso.

No amor, a linguagem dos olhos prefigura a dos anjos, que não são senão olhos mais perfeitos.

Essa curiosa progressão deve ser ilustrada por uma observação igualmente curiosa.

É sempre do céu, todos sabem, que desce o amor para viver na Terra e, com freqüência, mais profundo ainda, pois aqui ele encontra também seu túmulo, tendo caído tão fundo; ele se assemelha a um meteorito luminoso que desce igualmente dos puros espaços celestes, morre ao atingir a Terra e não deixa em sua esteira senão uma miserável escória; e, quanto mais ardente e intenso ele for, mais profundo será o túmulo que cavará.

Assim o amor, quando cai do céu, traz a linguagem que lá se fala, isto é, a linguagem dos olhos. Por isso os olhares são o primeiro meio de comunicação dos enamorados.

Mas o amor percebe bem depressa que não está mais no céu; e o instrumento de sua linguagem, que no céu se achava em seu elemento, logo lhe faz falta; e ele apela à linguagem humana. Os enamorados se falam.

E o amor cai ainda mais abaixo; porém, fato estranho, ele omite no homem a etapa da linguagem das plantas que, no animal, se transformou em calor.

Em troca, não omite a quarta etapa: o beijo. E ele morre na quinta etapa, a que mencionei em primeiro lugar.

Essa prova da existência da linguagem dos anjos, que obtenho da evolução da linguagem no seio da natureza, encontra-se estreitamente ligada à seguinte prova baseada na constituição natural do Sol.

Ao anjo pertence o elemento da luz, assim como a nós o ar. O veículo de nossas trocas intelectuais é o ar, pois o som é constituído pelas vibrações do ar; os anjos terão igualmente o elemento deles como veículo de suas trocas intelectuais.

A bem dizer, os anjos são em si translúcidos, mas dispõem de toda a amplitude para se darem cores. O que um anjo quer dizer a um outro, ele o pinta em si; o outro anjo vê a imagem e sabe então o que anima a alma de seu interlocutor.

Quanto a nós, respiramos em geral tranqüilamente, deixamos o ar, nosso elemento, circular livremente por nosso corpo, sem produzir sons; mas temos igualmente toda a amplitude para fazer o ar produzir sons. O anjo deixa também seu elemento, a luz, circular sem modificações através dele, o que lhe confere seu aspecto translúcido; mas, quando quer falar com um outro, ele força a luz a se colorir, propagando-a de acordo com sua vontade. (Ou então, segundo Euler[5], fazendo-a vibrar como fazemos com o ar.)

Assim nosso argumento, segundo o qual os extremos se tocam, confirma nosso ponto de vista. Os infusórios são translúcidos, como o serão os anjos. Mas os infusórios devem se deixar atravessar por todos os raios e permanecer inalterados, por isso são constantemente incolores; e se os anjos se deixam também atravessar por todos os raios, eles têm em troca a faculdade de emiti-los em suas cores[6].

---

[5] Léonard Euler (1707-1783), geômetra suíço, autor da *Théorie nouvelle de la lumière* (1746).

[6] Muitos animais, situados no extremo inferior, assemelham-se aos anjos pela propriedade de produzir um jogo de cores mutável e diverso, aparentemente por movimentos ou contrações voluntárias de sua pele, ou pela substância translúcida de seu corpo, como os moluscos e os ctenóforos; mas, ao que eu saiba, sua aparência primeira não é uma translucidez incolor. Os anjos reúnem estas duas qualidades, a faculdade das cores e a translucidez, sendo que apenas uma dessas qualidades é concedida aos animais inferiores.

Meio-termo entre os extremos, o homem tem valor de confirmação. Ele já não é mais coberto de pêlos, sua pele se torna também diáfana, seus sentimentos já se pintam em parte sobre sua pele e se lêem nas cores de seu rosto.

Para fazerem variar as cores pelas quais se exprimem, os anjos certamente procedem da seguinte maneira: como a película de uma bolha de sabão, a pele do anjo é, em si, extremamente tenra, fina e translúcida, provavelmente não sendo mais que o produto de uma condensação. Pois, no sol, tudo é mais etéreo; não subsiste absolutamente nada de sólido em sua superfície ou em sua proximidade imediata, em razão do intenso calor que reina, reduzindo tudo em fusão[7]. Portanto, os anjos só têm necessidade de contrair e expandir sua pele à von-

---

[7] Um anjo teria tanta dificuldade em compreender como podemos viver em nosso universo solificado quanto nós em conceber como criaturas vivas podem existir, por exemplo, em Saturno, onde toda água congela e é certamente apenas gelo. A chave do mistério reside simplesmente no fato de cada elemento fabricar, por assim dizer, suas criaturas.

tade em certos locais, concentrando-se ou diluindo-se, como a bolha de sabão, segundo o princípio, bem conhecido dos físicos, das cores espectrais, para produzirem as modulações cromáticas necessárias à sua linguagem.

A visão é para o homem o sentido mais importante, enquanto para os anjos ela se acha relegada à posição que ocupa, para nós, a audição. Eles devem ter um sentido a mais, bem mais importante e que ocupe para eles a posição que atribuímos à visão. Nada podemos captar desse sentido, pois ele ultrapassa nosso entendimento.

Mas não seremos capazes de dizer, pelo menos, a que gênero pertence esse sentido? — Sim, certamente; mas isso só se verá num dos próximos capítulos.

III. OS ANJOS TÊM PERNAS?

Se os anjos são verdadeiras esferas, é totalmente evidente que não têm pernas; mas, em primeiro lugar, ainda não é óbvio que eles sejam esferas verdadeiras; em segundo, pode-se inversamente escorar as provas precedentes em favor da forma esférica dos anjos, mostrando a partir de outros aspectos, ou tornando verossímil, que eles não têm pernas. É a isso que nos conduz o estudo que vamos efetuar através da sucessão dos seres vivos. Alguns vermes, como a lacraia, têm uma infinidade de patas, e pouco importa que tenham um par a mais ou a menos, as borboletas e os escaravelhos não têm mais que seis, os mamíferos quatro, e as aves somente duas, elas que, graças à sua faculdade de se elevarem acima da Terra e de se moverem livremente no espaço, se aproximam dos anjos bem mais que os mamíferos, assim como o homem que, por seus pensamentos, ultrapassa todos os animais e, em sua própria opinião, é metade animal e metade anjo; a cada novo avanço rumo ao estágio angélico subtraem-se duas patas. Como o estágio mais próximo não contém mais que duas pernas, é certo que os anjos não podem ter absolutamente nenhuma.

Entretanto, tampouco os infusórios mais primitivos têm patas; isso se deve apenas à conjunção dos extremos que mencionamos anteriormente, e que vem escorar nossa prova a partir da extremidade oposta.

Aqui sou levado a abrir um parêntese a propósito das mãos do homem.

O homem teve a liberdade de escolher se queria que seus dois membros anteriores se transformassem em asa, como as aves, que lhe teriam possibilitado afinal desprender-se ainda mais da Terra. No entanto, ele compreendeu que esse desprendimento era só aparente e que devia portanto permanecer na Terra, se quisesse se mover livremente para as diferentes partes dela. Por isso ele preferiu, em vez de asas, com as quais teria em vão tentado se evadir, dispor de mãos para possuir uma arma, que lhe daria ao menos o poder de reduzir a Terra à escravidão. Em vez de instrumentos que o teriam levado a todos os tesouros terrestres, escolheu instrumentos que lhe permitissem apoderar-se desses tesouros.

Certamente teria sido bom que o homem tivesse tanto mãos quanto asas. Mas isso não era possível. Tendo quase atingido o estágio do homem em sua evolução, a natureza dispunha apenas de quatro pés à sua disposição; separar os quatro pés da terra para, após os animais, fazer o anjo, era-lhe impossível; então ela retirou-lhes dois, dos quais fez as asas das aves e as mãos do homem.

A fábula nos conta assim essa história: a Terra dirigiu-se ao Demônio ou ao Espírito criador que percorria a natureza como conquistador: "Deixa-me meus filhos, que criei, alimento e cuido; por que queres arrancá-los de mim?

— Não, respondeu o Demônio, se eles ficarem perto de ti, nada farão; nada serão; o filho deve deixar a mãe para completar sua educação". Ele mostrou o Sol: "É para lá que levo teus filhos". Mas a Terra não queria de jeito nenhum deixar seus filhos partirem.

O Demônio dirigiu-se então à pedra: "Podes permanecer junto de tua mãe e satisfazer sua cega ternura, de qualquer modo não virá de ti um anjo". Mas à planta ele disse: "Separa-te do seio materno; o Sol te envia seus mensageiros e te chama a seu cálido reino sangrento". A planta cedeu à sedução e tentou subtrair-se com violência do seio da Mãe, que não parava de gritar: "Filha! permanece a meu lado, o Sol te seduz com flamejantes promessas, mas ele não te alimenta nem te cuida como eu". Cobriu de lágrimas a que queria deixá-la e a reteve violentamente pela raiz: pois a Terra pensava, "se deixo partir minha filha, ela se consumirá longe de mim no Sol".

Então o Demônio voltou à Terra e disse: "A criança está madura para uma escola mais alta; não a retenhas por mais tempo". Ela não consentiu e o Demônio arrancou a criança violentamente de seu seio. Mas a Mãe retomou-a agarrando seus pés. Como uma mãe humana que enlaça seu filho e o retém pelos pés se ele quer se afastar e despreza seu amor, ela reteve com todas as forças sua criatura que desejava responder ao apelo do Sol e ofereceu-lhe o seio nutritivo para que se apegasse a ela. Naquele tempo, ainda lhe restavam quatro pés.

De novo o Demônio se aproximou da Terra e disse: "Dá-me agora teu filho, pois está na hora de levá-lo ao reino da Luz onde ele se tornará um anjo. — Ah! que me importa, respondeu a Terra; se ele se tornar um anjo, não poderei mais estreitá-lo em meu seio!" Mas o Demônio permaneceu surdo às suas queixas, tentou tirar a criança de seus braços e acabou por lhe arrancar com violência dois pés. Mas o amor da Mãe foi mais forte que a violência do Demônio e ele não conseguiu tirar-lhe as outras.

"Está bem, disse ele, Mãe insensata, conserva teu filho, que ele se torne em teu seio um aborto inacabado! Mas ao mesmo tempo terás que suportar a pena de teu louco amor". E, tomando os dois pés que obtivera em sua violência, fez deles as asas da ave e disse à criança: "Eis as asas com as quais poderias te elevar até o lugar onde te tornarias um anjo. Que tua Mãe viva para sempre no temor, quando bateres asas, quando quiseres ainda lhe escapar". E quando a criatura experimentou suas asas, quis de fato escapar da mãe; mas esta ainda a retinha firmemente, de modo que podia esvoaçar mas não partir completamente; e a Mãe se alegrou de poder continuar a nutrir e a guardar seu filho, triunfando assim do Demônio. Este ficou furioso, pegou as asas e as transformou em mãos, dizendo então à criança: "Bate em tua Mãe, pois ela não quer que a deixes; obriga-a a dar-te o alimento que antes ela só dava por amor egoísta, e que ela perca essa última consolação, imerecida. Se ela tivesse te deixado partir, não terias mais necessidade de seu grosseiro alimento; habitarias lá no alto, na luz, e serias agora um anjo magnífico".

O homem cumpre com suas mãos a maldição que o Demônio proferiu contra sua mãe.

Após esse episódio, retorno a meu propósito inicial.

Os pés, e todas as outras excrescências incongruentes das criaturas terrestres, decorrem do fato de sua formação não ser comandada por um único centro, exterior a elas, mas por vários.

A planta é atraída em parte pela Terra, em parte pelo Sol, crescendo assim metade para baixo, metade para cima. O animal, embora menos atraído em sua formação pela Terra, ainda o é notavelmente, explicando-se assim esses rebentos, as pernas, que o puxam para baixo. Mas na formação da criatura solar intervém apenas a atração do Sol; pois os planetas não passam de ervilhas comparados ao Sol; assim a forma esférica pode livremente constituir-se. E a tendência inerente ao Sol, que o incita a produzir formas redondas, se afirma em parte nas formas redondas dos planetas, em parte no fato de a cabeça humana, que de todas as cabeças de nossa terra é a mais voltada para o Sol, ter igualmente uma forma esférica, em particular no seu olho, que pertence mais especialmente ao Sol. Somente a vingança que a Terra exerce contra o Sol a propósito da formação das criaturas terrestres é que contraria a forma esférica destas.

Sabe-se agora por que as criaturas em nossa terra não podem ser esféricas, por que podem sê-lo, em troca, as criaturas solares, e por que estas últimas não têm pernas.

Mas se os anjos não têm pernas, como se movem? Ora, da mesma maneira que se movem os planetas redondos. Acaso estes têm pernas?

IV. OS ANJOS SÃO PLANETAS VIVOS

Em síntese, nos contentaremos em dizer que as criaturas vivas do Sol são planetas, mas tais que, em vez de andarem em sua superfície com pernas, voam ao redor dele em sua vizinhança imediata, aves celestes apenas privadas das asas das aves, porque seu vôo não as necessita.

A vida se intensifica à medida que se aproxima do Sol; os planetas mais distantes são certamente simples blocos gelados; o anel de Saturno é um anel de gelo. Já a Terra está coberta de uma bela crosta viva, verde e florida; ela própria é uma criatura solar, mas só multicolorida e viva na superfície.

Sobre Vênus e Mercúrio o Sol resplandece em maior profundidade; suas camadas externas vivas tendem a se espessarem em direção ao centro; para os planetas vizinhos do Sol, onde o calor se irradia cada vez mais profundamente, a camada viva atingirá o centro, eles serão vivos por inteiro; e então essa esfera inteiramente viva poder-se-á chamar tanto "planeta" quanto "indivíduo autônomo".

Mas devo antes fornecer a prova de minha hipótese relativa aos planetas próximos. Se dividirmos a distância que separa Saturno do Sol em 100 partes iguais, obteremos para a distância entre o Sol e Mercúrio o resultado de 4 dessas partes, entre Mercúrio e Vênus, 3, de Vênus à Terra, 6, daí até Marte, 12, e 24 de Marte até a posição aproximada dos quatro pequenos planetas Vesta, Juno, Ceres e Palas, que parecem ser apenas asteróides de Marte; desses planetas à Júpiter encontramos 48 partes, e daí à Saturno, 96. Dessa progressão, Kepler já concluía que entre Marte e Júpiter devia haver lugar para o movimento de um planeta principal, lá onde mais tarde foram descobertos os quatro asteróides.

Notar-se-á que a progressão se efetua regularmente apenas até Mercúrio. Seria muito espantoso que ela só se devesse ao acaso e não pudesse submeter-se a nenhuma lei. No entanto, é o que aconteceria, segundo as leis de progressão matemáticas, se recusássemos admitir que a progressão, tal como se desenvolve até Mercúrio, vale igualmente entre Mercúrio e o Sol. — Se fosse interrompida, a série não seria uma série. — Já que os intervalos que separam os planetas do Sol se reduzem regularmente em metade, deveria haver entre o Sol e Mercúrio mais um planeta, que estaria afastado deste último em uma parte e meia, e que por sua vez estaria separado do Sol por um outro planeta, distante dele em três quartos de parte; e dessa maneira deveria haver um número infinito de planetas entre o Sol e Mercúrio, pois a progressão jamais pode ser igual a zero. Esses planetas representam assim a infinidade dos seres vivos junto ao Sol.

Em geral, os planetas diminuem de volume na vizinhança do Sol; é provável que os que mais se acercam sejam eles próprios fotógenos, posto que lhe pertencem; e assim os telescópios dos astrônomos não podem nem distingui-los por causa de seu pequeno tamanho, nem diferenciá-los do Sol por causa da luz que emitem; sua translucidez contribui portanto para torná-los invisíveis; por conseguinte, não cabe interrogar os astrônomos a esse respeito.

É verdade que qualifiquei anteriormente os anjos de "olhos" e agora os qualifico de "planetas vivos". O nome não altera em nada o fato e serve simplesmente para pôr em evidência ora uma relação, ora outra.

Aliás, pode-se também dizer, se quiserem, que nossa Terra é um olho, e que nosso próprio olho não é senão uma perfeita réplica da Terra, onde ela mesma se reproduziu. Ao me exprimir deste modo, somente busco dizer que a Terra suscita uma espécie de relação entre ela e o olho; ou, em outras palavras: cumpre considerar que as expressões "a Terra é um olho", "o anjo é um olho" servem apenas para abreviar a expressão "uma certa equação que liga os dois termos entre si".

Como o olho, a Terra é uma esfera, composta de camadas concêntricas, entre elas várias camadas translúcidas de espessuras variadas, atmosfera e oceano, através das quais a luz solar se refrata, a fim de suscitar em sua superfície imagens vivas cuja impressão é tudo o que o olho recolhe. Convém no entanto observar que nossa Terra se apresenta como um olho invertido; a crista terrestre, com seus seres sensíveis, corresponde a uma retina convexa voltada para o exterior; o oceano e a atmosfera são o humor vítreo e o cristalino divergente, graças aos quais somente os raios do Sol podem pintar o cambiante quadro da vida sobre a retina da Terra, assim como em nossos olhos. O que em nosso olho não passa de uma impressão ideal, é inteiramente positivo no olho da Terra; as condições, em compensação, são idênticas.

Na qualidade de criaturas celestes, os anjos obviamente se conformam à ordem celeste e não se movem de um ponto a outro ao simples sabor de seus humores, mas acompanham de bom grado e por decisão própria, portanto livremente, a marcha divina; também na Terra, embora isso ocorra um pouco diferentemente, cada homem de bem obedece às leis de uma ordem superior e, quanto mais elas forem severas, mais ele se aperfeiçoa; mas ele só é levado a obedecer por sua livre inclinação. Os anjos, que seguem com maior liberdade os caminhos traçados pelas leis, as respeitam ainda mais estritamente que os melhores dos homens; eles são anjos, precisamente. Quem quiser elucidar melhor essa curiosa relação entre liberdade e necessidade, embora não se saiba com exatidão o que pertence a uma ou à outra, remeto aos estudos dos filósofos e teólogos, que têm um melhor conhecimento dessa questão e nela não encontram nenhuma dificuldade. Aliás, que a realidade e o modo de deslocamento dos anjos se devam à liberdade ou à necessidade, ou então à liberdade concebida como necessidade interior, ou a qualquer outra coisa, isso em nada altera o resultado. Ou seja, o anjo é multidão e cada um, como convém num Estado civilizado, e mais ainda num Estado perfeitamente civilizado, se preocupa com a presença e os movimentos dos outros — o que os astrônomos qualificam, tolamente, de perturbações, quando se trata antes de considerações recíprocas —; assim, os anjos desfrutam de uma diversidade inesgotável de movimentos entre eles e em torno deles, graças aos quais se apresentam faces sempre novas, mantendo relações novas e mutáveis entre si; essa diversidade desafia, aliás, todo cálculo, como se pudéssemos calcular os movimentos de uma sociedade de homens que se movem em todos os sentidos; o que existe aí é uma agitação confusa cujo sentido só podem perceber os que efetuam esses movimentos. Mas mesmo os planetas distantes do Sol jamais reencontram as mesmas posições que haviam anteriormente ocupado um em relação ao outro, nem tampouco seguem sempre exatamente os mesmos cursos; à inspeção dos olhos, porém, eles são essencialmente movidos pela rotina, da qual nada mais se percebe no tocante aos planetas mais próximos do Sol.

Com a mesma liberdade de que os anjos dispõem para se moverem, se não com uma liberdade mais fundamental ainda, eles podem mudar de forma, o que já não é possível para os planetas mais afastados do Sol, que são rígidos ou possuem, como a Terra, uma crosta rígida. Mas, como já dissemos, não há absolutamente nada de rígido nos anjos; tudo parece tecido de ar e de luz, sua pele mais sólida assemelha-se a uma bolha de ar ou de espuma, esférica por natureza, capaz de se contrair, de se dilatar, de se curvar ou de se enrugar à vontade, como se essa bolha fosse animada em seu interior por um princípio vital que a fizesse agir desse modo. Sem sua crosta rígida, a Terra teria uma faculdade semelhante à dos anjos, como se pode deduzir do fato de as criaturas que residem em sua superfície desfrutarem mais ou menos de tal faculdade, permanecendo ainda ligadas à Terra embora tenham escapado à solidificação. A inteira vivacidade original, que a Terra só conservou em trechos isolados e em torno dela, permanece plena e desde o início adquirida do anjo; por isso ele é uma criatura dotada de forças motoras internas, que dispõe de sua forma em toda a liberdade, e goza assim de uma liberdade bem maior que as criaturas terrestres. Pois estas participaram em certa medida da solidificação da crosta terrestre, tendo ossos duros, conchas ou peles semelhantes ao couro, o que reduz em maior ou menor grau sua capacidade de mudar de forma; aqui, a única exceção são os infusórios mais rudimentares; em virtude do princípio da conjunção dos extremos, eles coincidem com os anjos na capacidade de mudar de forma, como já vimos que coincidiam na forma fundamental e na liberdade de movimento[8].

[8] Doravante, figuram como organismos mais rudimentares as chamadas moneras, que não passam de pequenas massas viscosas, capazes de adotar à vontade as formas mais diversas.

Portanto, assim como a translucidez não era senão a cor fundamental dos anjos, o que lhes deixava toda a amplitude para decompor a luz simples em variadas cores, também a esfera não é senão a forma fundamental dos anjos; seu livre arbítrio é que decide o que fazer dela.

Mas a esfera permanece a forma fundamental na medida em que todas as mudanças de forma procedem dela como de um centro, a fim de que variem em todas as direções possíveis e os anjos possam voltar a ela com toda a tranqüilidade. Agora podemos ir um pouco mais adiante. Certamente existem anjos de diferentes espécies e em diferentes estágios, e somente os anjos da ordem suprema têm direito a uma forma fundamental que seja plena e perfeitamente esférica; os outros só apresentam formas pseudo-esféricas, ditas "elipsoidais", mais achatadas e oblongas, com relações axiais as mais diversas, mas que variam em torno da esfera como em torno de uma forma central. Qualquer outra forma elipsoidal significará uma evolução numa outra direção preponderante. O mesmo acontece em relação aos verdadeiros planetas. No entanto, como nossa tarefa não é fazer uma classificação dos anjos, e como a forma elíptica do anjo, comparada à esférica, representa um desvio de importância mínima, negligenciaremos aqui esse fato, como se negligenciam os pequenos desvios em qualquer aproximação, e iremos nos ater à esfera, considerada como a forma essencial e fundamental dos anjos.

Após tudo o que acaba de ser dito, que não mais se afirme que a aparição dos anjos carece da diversidade necessária à beleza. Ao contrário, cumpre imaginá-los desde seu nascimento como esferas translúcidas, que deixam no entanto transparecer uma sólida organização interna, podem se atribuir a forma ou a cor que quiserem, e modificá-las à vontade, assim como podem se cobrir das mais belas pinturas e revestir as mais belas obras. Comparada à beleza magnífica, e magnífica em variedade, que um anjo assim concebido pode se atribuir graças às formas e às cores — e haverá indiscutivelmente talentos diversos entre os anjos —, a mais deslumbrante beleza humana não passa de um pálido fantoche empalhado. Se um pintor imagina poder fazer desta um anjo pelo simples acréscimo de um par de asas, isso há de parecer muito engraçado aos anjos verdadeiros. E se nossos especialistas humanos se revelam incapazes de apreender a beleza dos anjos, isso simplesmente se deve, em virtude do princípio enunciado desde o início, ao fato de eles próprios não serem anjos.

V. DO SENTIDO DOS ANJOS

A visão é o mais desenvolvido de nossos sentidos; seu mensageiro possui asas de um alcance e uma velocidade máximos como os do corpo mais sutil, pois se trata do raio luminoso. Mas os anjos possuem um sentido ainda mais desenvolvido; seu mensageiro possui asas que lhe permitem não apenas voar no tempo como sobrevoar o próprio tempo, um corpo mais sutil que o mais sutil dos corpos no espaço, pois se trata do espaço mesmo.

O mensageiro do sentido da visão se aproxima dessa espiritualização; o do sentido angélico mais desenvolvido a atingiu.

Qual é esse sentido? Lembremo-nos de que os anjos são planetas vivos.

Seu sentido é a apreensão da gravitação universal, isto é, da gravidade que estabelece relações entre todos os corpos e cujo efeito é percebido pelo centro vivo deles. Enquanto apreensão da força pura, esse sentido não tem em realidade nenhum mensageiro situado a montante do tempo; pois a gravitação age sem perda de tempo e sem um mensageiro que teria um corpo físico; pois a gravitação se exerce simplesmente através do espaço.

A gravitação liga entre si, sem intermediário, os corpos celestes mais afastados; e é sem intermediário que os anjos sentem qual é sua posição em relação ao universo inteiro e qual a posição deste em relação a eles; pois eles sentirão a menor mudança da organização cósmica, a menos que esta ocorra em regiões tão distantes que a própria gravitação não exerça a menor influência sobre eles. Pois o anjo é também uma criatura finita; o único que possui o sentido do Todo é Deus, acima do tempo e do espaço.

Às sensações que os anjos experimentam por esse sentido, eles respondem com seus movimentos; com efeito, como poderiam ser determinados a se mover pela força da gravitação se não sentissem em absoluto a influência dessa força? O impulso motor é provocado principalmente por essa sensação, que determina sua direção e sua força. Se não quisessem ceder a esse impulso, os anjos o receberiam com aversão, mas isso não os dispensaria de ceder a ele; portanto, eles o executam. Mas a Terra não deveria experimentar o mesmo impulso, movendo-se ao redor do Sol e estando separada dele por outros planetas?

Sabemos pelo menos se não é isso o que acontece? Desse sentido cósmico, o homem possui apenas uma fraca correspondência na sensação que lhe indica a posição de seu centro de gravidade em relação à Terra, e que lhe está presente tanto em repouso quanto em movimento. Já os anjos têm a sensação correspondente em sua relação com o universo inteiro.

Se o anjo nos ultrapassa com esse sentido celeste, em troca ele perde nosso sentido terrestre mais primitivo quando lhe são retirados os membros relativos apenas à terra firme, a saber, o tato e talvez o gosto; mas o sentido que nos é o mais desenvolvido, o anjo o possui num estágio de evolução bem superior ao nosso.

Como os anjos são, sob outros aspectos, olhos autônomos, cuja estrutura inteira é calculada em função da luz como elemento, sua visão deve ser perfeita. Comparados a eles, somos toupeiras cegas.

Quanto a serem receptivos à sensação da eletricidade e do magnetismo, que não são senão variações da luz, eu nada teria contra; tais fenômenos devem ser igualmente sentidos em toda parte. Mas na certa os anjos devem ser capazes de suscitá-los arbitrariamente, como as mais perfeitas das raias-elétricas. A Terra, planeta mais distante, já é magnética; por que os planetas mais próximos não o seriam?

Em todo caso, os anjos podem emitir e perceber sons como nós, ou melhor que nós. Eu gostaria de assinalar uma vantagem que os anjos, sob esse aspecto, possuem sobre nós. A dança e a música são irmãs, que na origem parecem ter nascido de um germe comum. Se queremos dançar, devemos primeiro compor uma música estranha que, com freqüência, não corresponde à dança. Isso não acontece com os anjos. Para eles, música e dança são uma coisa só, de modo que a dança se acompanha de sua própria música. De fato, é assim para eles como para as menores parte do corpo. Quando os corpos ressoam, o som não é mais que uma rápida vibração de seus átomos, uma dança entre eles; e quando vários átomos dançam juntos, eles executam passos de dança ordenados em figuras sonoras.

A velocidade dos planetas é incomensurável e aumenta nas imediações do Sol. Portanto, se os planetas vivos giram vivamente em volta do Sol ou um em volta do outro, um som deve nascer disso, e esse som deve corresponder ao movimento. Assim, quando os anjos dançam, a peça musical correspondente se compõe espontaneamente; eles executam suas figuras sonoras.

É assim que se apresenta a verdadeira harmonia das esferas, dos olhos maravilhosos, dos anjos.

Resta saber se essa harmonia é percebida unicamente por Deus. Mas um anjo pode também emitir sons, sem mudar de lugar, fazendo vibrar rapidamente uma parte qualquer de si mesmo. Isso poderá se produzir de maneira infinitamente variada, segundo ritmos diversos ao infinito, segundo progressões infinitamente diferentes; e, assim como um anjo pode emitir sons dessa maneira, também poderá percebê-los. Fala-se das vozes angélicas de nossas cantoras; mas a quem de nós seria dado perceber o canto de uma verdadeira voz de anjo ou mesmo um coro dessas vozes? Entretanto, um anjo pode depressa transformar-se totalmente, dilatando-se ou contraindo-se e, com base no que sabemos da expressão de alegria e de dor entre eles, podemos facilmente imaginar que isso significa para eles o riso ou as lágrimas, conforme efetuem mais ou menos depressa essa transformação, e conforme o tempo em que permaneçam totalmente dilatados ou contraídos em relação a seu estado intermediário. Mas essa ressonância será mais musical do que entre nós.

Que o olfato dos anjos possa atingir um grau muito elevado, pode-se deduzir da incrível evaporação que deve se produzir na superfície do Sol e em sua proximidade.

Novamente, deparamo-nos nesse domínio com a conjunção dos extremos. Entre os animais mais primitivos, a mesma superfície da pele serve de órgão comum para a recepção de todos os estímulos sensoriais; o mesmo acontecerá com os anjos; mas, enquanto para os animais mais primitivos nada será claramente diferenciado, o anjo poderá conciliar diversamente sua pele à recepção dos estímulos sensoriais diversos, de tal maneira que não perceberá apenas ora um, ora outro, mas poderá também distinguir as pequenas variações do conjunto percebido.

Nossos órgãos da visão e da audição são providos de instrumentos de acomodação que podem ser arbitrariamente postos em atividade; mas esses instrumentos só convêm às variações do domínio sensorial correspondente, enquanto o anjo poderá acomodar a superfície de sua pele às sensações que concernem a diversos domínios sensoriais.

VI. HIPÓTESE CONCLUSIVA

Após ter exposto essas verdades definitivas, às quais o próprio Newton não teria recusado sua consideração, que me seja permitido, em conclusão, emitir ainda uma hipótese.

Em razão do intenso calor que reina no Sol, nada de sólido, como já foi dito, pode existir em sua superfície e em sua proximidade imediata, e, por esse motivo, os anjos não podem ter um corpo composto mais pesadamente que de ar e vapor. Podemos concebê-los em geral como bolhas vaporosas mais ou menos grossas, cheias de ar e de éter, que imaginamos provavelmente consolidadas por um tecido celular feito de pequenas bolhas vaporosas muito finas e estendido aos órgãos internos. Minha hipótese é portanto a seguinte: umas estão cheias de oxigênio, outras de hidrogênio, sendo aquele elemento masculino e este feminino. As bolhas se elevam permanentemente acima dos corpos solares, se acasalam e produzem, por meio do processo de combustão do hidrogênio pelo oxigênio — sinal da realização de suas bodas —, a luz, que nos ilumina a partir do Sol.

Assim a luz solar não é senão a chama nupcial dos anjos.

Mas já que minhas criaturas, após terem sido anjos, olhos, planetas, se transformaram finalmente em bolhas vaporosas, que nasceram, como o observo agora, na umidade aquosa das câmaras interiores de meu próprio olho, fatigado de ter mirado o Sol, e produziram essa ilusão de óptica de vê-las objetivamente, e já que essas bolhas acabam justamente de rebentar, vejo que se rompeu o fio de minhas investigações.

Sobre a Dança*
(1824)

---

* In *Stapelia Mixta*.

A dança é a arte primeira, não apenas na Terra, mas no mundo em geral. Como se, na criação do universo, tivessem soprado um chifre de Oberom a fim de obrigá-lo a girar inteiramente em círculos eternos. Todos os planetas dançam em torno do Sol, e o próprio Sol, cuja corpulência impede demasiado movimento, gira sobre si mesmo, arrastado pelo prazer geral da dança. Quanto à nossa Terra, a espécie de *pas-de-deux* que ela faz com a Lua deu indiscutivelmente na inveção da valsa, que assim pode legitimamente ser chamada de dança celeste. Fiquemos com esses grandes exemplos, e deixemos perorar os moralistas e os médicos que condenam a dança, os primeiros porque em geral só têm na cabeça boas regras de conduta em razão das ruins que lhes endureceram os pés, os segundos porque percebem muito bem na dança o único meio graças ao qual, obedecendo aos sinais da natureza, podemos nos conservar sadios de corpo e de espírito, tornando com isso todos os seus serviços inúteis. Pois não ensina a anatomia de nossos pés que eles foram construídos apenas para a dança? Que esse músculo parece feito para o *pas glissé* [deslizante], aquele outro para o *pas floré* [flutuante], e assim por diante, de tal modo que deve haver tantos tipos de passos quanto músculos das pernas? Que o ser humano só tem artelhos e tornozelos para fazer pontas e estender convenientemente o pé? Que ele é agraciado com músculos gordos da panturrilha, ou ao menos com locais onde desenvolvê-los, apenas para não se machucar ao bater as pernas durante o pulo? E que em todos esses músculos correm nervos destinados apenas, quando soa o violino, a entrar nas convulsões que convêm à dança? O médico nada encontrará num dançarino que prefere engolir de um trago um copo de ponche ou de limonada em vez de tomar do frasco "a cada duas horas uma colherada de café"; assim ele irá até os quartos onde as pessoas se arrastam e desfalecem ou jazem inertes na cama: a natureza se vinga dos que negligenciaram sua vontade; por que os loucos não dançam? Eles não mais seriam doentes ou mortos. Pois não há exercício melhor no mundo que uma valsa rápida ao som de um bom violino. Quem tiver prevenções contra essa dança só precisa pensar, quando assiste a um baile, nas pessoas doentes por terem ficado sentadas a semana inteira e que agora se comprimem unicamente para suar e estimular a circulação de seus humores num movimento circular, alguns acrescentando ainda, se puderem, batidas com os braços e os pés; então reconhecerá que tudo isso tem, de fato, razão de ser.

De minha parte, gostaria muito mais de ser um pião que a criança faz dançar com seu cordel, como o músico que nos faz valsar com o arco alegre de sua rabeca, do que um homem cheio de ciência cujas pernas não fazem senão somar dois pés de madeira aos quatro da cadeira onde está sentado. Por isso a esfera é a forma mais perfeita, pois para dançar ela tem uma infinidade de pernas, sua superfície inteira consistindo apenas nisso, já que todo seu ponto é uma ponta em torno da qual ela pode sempre girar, e realmente gira à mais leve incitação. Nós, que somos seres imperfeitos, temos em comum com essa forma, que um velho sábio chamava forma divina, apenas dois pontos pelos quais devemos imitar as celestes órbitas circulares; mas esses dois órgãos são também os mais nobres de todo o nosso corpo; assim que os dois cônsules se encarregaram outrora de todo o peso do Estado, eles tiveram de suportar, dirigir e governar todo o peso de nosso organismo, que deve obedecer incondicionalmente à vontade deles; pois para onde vão as pernas, o homem deve ir. E, assim como num alfinete a cabeça pesada só existe em função da ponta, também no homem a cabeça só tem valor em função dos pés, impedindo-os, por seu peso, de levantar vôo da terra onde precisam se apoiar para dançar.

Para revelar com toda a clareza a superioridade da arte da dança sobre as demais, é suficiente compará-la a elas, numa aproximação mais fina.

Se permanecemos mais de cinco minutos diante de uma bela pintura, exclamamos: "Maravilhoso!" e nos afastamos. Mas quem pode, por sua plena vontade, deixar o baile antes que a aurora tenha sucedido ao crepúsculo? E que mulher não experimenta um sentimento de felicidade em ser ela própria objeto de admiração, dandos voltas e mais voltas para oferecer sem cessar novos pontos de vista? Somente ficam sentadas aquelas que nos foi suficiente ver uma única vez.

Jamais a dança se rebaixou a servir de acompanhamento à música; onde se veria dançar num concerto? Em troca, a música serve em toda parte de acompanhamento à dança; e por que tantos grandes compositores apaixonados por harmonia, senão para escrever óperas em que vienenses e valsistas deixam-se arrebatar? Pode-se considerar como critério de uma boa música essa aptidão a acompanhar a dança. E quem, entre os cavalheiros de Leipzig, freqüenta o concerto, senão para se alistar para o próximo baile? E quantas vezes, no concerto, consulta o relógio para saber se o intervalo se aproxima, a fim de dissipar o tédio tomando chá e sorvete?

Que dançarino, durante uma valsa rápida, alguma vez retirou sua mão da cintura agitada que ele enlaça, a fim de ver as horas ou de disfarçar um bocejo? E quem, tendo os pés na terra, hesitará entre uma sinfonia de Beethoven e um *ypsilanti* (dança popular grega), entre deixar-se embalar de harmonias e agitar graciosamente os pés? Quem não suaria de bom grado, até o suor lhe escorrer por todos os poros como de um tonel das Danaides? Ei-lo a arquejar, a gemer, a se esforçar e a bufar, a tal ponto que um espectador que não fizesse a menor idéia dessa arte se compadeceria profundamente dele; e tudo isso sem ser pago; suas roupas estão empoeiradas, seu fraque manchado de cera, ele esfola seus sapatos no chão, enegrece sua camisa branca, cospe, se o suor não é o bastante, sangue e água pelo nariz e a boca, e tudo isso por nada, absolutamente nada; portanto, só o eminente valor intrínseco da dança pode ser a causa de uma submissão tão voluntária a tal azáfama. Aliás, é com razão que se vê no fato de dançar um impulso ao celeste e ao divino, uma aspiração à natureza dos anjos: acreditamo-nos com asas, lançamo-nos nos ares; mas não é mais que um salto, pois o peso de nosso corpo terrestre nos traz de volta à terra. Ora, não nos limitamos a uma só tentativa; quando exaustos por vãos esforços nos entregamos, e mais de um encontrou seu céu ao esticar-se até ele.

Admitindo que se possa falar de um atrativo da música independente da dança, mesmo assim ela só o deve a relações visíveis ou ocultas com a dança. Mãos bonitas querem mostrar que dançam tão bem sobre as teclas quanto os pés no chão. Os próprios sons, em seu princípio, não são feitos senão de uma dança das menores partículas, capazes de evoluções tão graciosas (figuras sonoras) quanto as de nossos maiores dançarinos; de modo que um músico não é senão um coreógrafo das partículas, que introduz regra, ordem e harmonia em seus saltos desordenados.

Comparar a dança à poesia atual quase nem nos ocorreria. Além do fato de requerer dois pés iguais, enquanto a poesia marcha sempre sobre um pé longo e outro curto, a dança é uma arte liberal que não busca seu pão, mas se pratica com um entusiasmo desinteressado que só podemos atribuir àqueles poetas que prezam suficientemente sua inspiração para assumir eles próprios as despesas de publicação, enquanto para os outros a inspiração se rebaixa à condição de padaria, cada nova tiragem de seus poemas reduzindo-se a uma nova fornada.

Os antigos gregos perceberam muito bem que os dias consagrados à divindade não podiam ser melhor honrados senão pela "beleza de danças inspiradas, entrelaçando suas cirandas em volta do altar magnífico". Não é diferente, no fundo, o que acontece hoje; dia de festa e dia de baile são uma coisa só; com a única diferença de que hoje se separam mais as coisas: em vez de dançar, como outrora, em volta do altar, recolhemo-nos por um momento de manhã diante do altar, quando os preparativos indispensáveis ao essencial, isto é, ao baile, terminaram, e pensamos nele devotamente ao anoitecer, quando a dança terá lugar sem altar. Pois este não é mais necessário para levar os vasos de incenso e de mirra, cada um que vem à festa deve trazer consigo seu perfume; com freqüência dispensa-se até o bufê no salão de dança. As danças dos gregos, aliás, deviam ter um caráter bem diferente das nossas. Os antigos não conheciam a valsa e, de uma maneira geral, giravam mais em volta de um mundo de objetos exteriores do que em volta de seu próprio eu como o fazemos, pois cada um se considera um centro, que precisa apenas, enquanto tal, girar em volta de si mesmo, como acontece de fato na valsa. Quando me dizem que os gregos, e sobretudo suas mulheres, ignoravam a valsa, isso produz em mim o mesmo efeito que àquele indiano surpreso de que alguém pudesse viver na Inglaterra, já que na Inglaterra não há noz de coco.

Não se poderia negar que em geral o belo sexo nos é superior por seu sentimento do belo, e que assim devemos nos inclinar igualmente diante de seu senso da dança. É verdade que aceitamos com prazer uma rodada de dança, mas gostamos igualmente de caçar, de montar a cavalo, de combater, enquanto para uma jovem nada existe acima da valsa, nem mesmo o vestido novo que ela estréia, e estou certo de que qualquer rapariga daria um de seus pés para ter a permissão de valsar com o outro, e muitas, para uma dança suplementar, dariam com o maior prazer a própria vida, e assim, no sentido próprio do termo, elas "remam" alegremente por sua vida. Lembro-me de ter lido no *Magnetismo animal*, de Passavant, que jovens inteiramente paralisadas e imóveis, em sua vida cotidiana, eram capazes de girar quase sem fadiga quando se tratava de dançar.

Essa jovem aí, modestamente sentada, dir-se-ia que apenas uma atividade artificial, adaptada à agulha de tricô, a põe em movimento; seus olhos se desviam temerosamente de todo olhar um pouco ousado que a aflora, e se recolhem em sua concha, timidamente; só muito depois ela arrisca um olhar, qual uma antena, para ver se algum pequeno seixo não obstrui seu caminho. Toquem-na com a ponta do dedo, e ela se retrairá como se tivesse visto uma aranha. Observem seu aspecto: caminha a passos miúdos e apressados, como uma formiguinha a passear, ou como se tivesse feito um voto a santo André de jamais deixar que a ponta de um de seus pezinhos visse o calcanhar do outro. Agora, olhem novamente esse autômato no baile; somente a dança pode insuflar-lhe a vida e a alma: seus pés a arrancam do solo e a arrebatam; desde as primeiras notas, começam a bater impacientemente o compasso no chão, como o fogoso corcel que dá patadas ao som da música militar, impaciente com a rédea que ainda o retém. Dócil, ela se amolda nos braços mais ousados; seus músculos se erguem em vagas tumultuosas; seu olhar brilhante lança fogos e se inflama com os de todos os outros olhares; suas palavras, seus olhos, seus gestos dizem uma única e mesma coisa: ela sente que entrou num mundo superior, da mais alta nobreza. E não é o baile, de fato, um mundo assim? Nele, não são os títulos de anjo ou de deusa tão comuns quanto o de cidadã republicana? Cada um, cada uma não se despoja do velho Adão para tornar-se uma nova e transfigurada criatura no céu do salão de baile? Não voltam os mais velhos a ser jovens e impetuosos? Não se vê florescer nas faces o rosa do mais belo carmim, não se transformam em flores os enfeites e as cabeleiras das mulheres, os calvos e os desguarnecidos não fazem brotar os mais belos caracóis e as mais belas perucas, os sem-panturrilhas não dão um jeito de ter as pernas mais bonitas e as panturrilhas mais redondas? Sim, o que parecia impossível não se torna possível? Um pé, como o camelo da parábola, consegue passar por bem ou por mal pelo buraco de agulha de um calçado de boneca, a cintura de uma jovem estouvada se afina como cintura de vespa, a boca mais berrante se disfarça sob um sorriso de anjo; corações de pedra, que nenhuma lágrima saberia comover, derretem-se sob palavras melífluas; a mais triste Gata Borralheira pavoneia-se como princesa, jovens alfaiates descruzam suas pernas eternamente cruzadas; o farmacêutico, em vez de oferecer opiatos com doces palavras e suaves olhares, propõe bombons ainda mais açucarados. Quem poderia ver aí nossa ordinária vida terrestre?

Nada de espantoso, portanto, que o verão seja para tantas beldades a estação mais triste do ano, porque habitualmente põe fim aos bailes. Certo, há as alegrias da natureza: mas que pobre substituto! O raiar do sol pode realmente ser magnífico, esse astro sente um prazer mordaz em se levantar mais cedo que nós e espiar pela janela a toalete das damas, sem que inversamente estas o espiem; no poente, ele é igualmente malicioso: aproveita sempre o momento em que, durante seu passeio, as damas estão envolvidas numa ardente conversação a propósito de um chapéu, de um par de sapatos ou de qualquer outra peça do vestuário humano, para se furtar a qualquer percepção da parte delas. É verdade que no verão brotam flores muito belas, mas em locais onde só os carneiros e as vacas têm acesso, enquanto nos locais de passeio a poeira do caminho é maior que a poeira do pólen. Sendo assim, o que há no verão que possa compensar o prazer hibernal da dança? O verão é, quando muito, uma fraca tentativa da natureza de nos indenizar pela falta de dança num período em que devemos juntar novas forças para dançar no inverno, e, se o sol é tão quente no verão, é precisamente porque, estando a natureza humana habituada a uma sudação cotidiana pela dança, esta seria interrompida durante o verão, quando o homem deve repousar, se o sol não interviesse então como diaforético. Na verdade, o significado do provérbio "Ganharás teu pão com o suor de teu rosto" é o seguinte: não comerás antes de ter dançado o bastante para ficar suado.

E, ainda que continuássemos cegos a todas as vantagens dos bailes, teríamos de reconhecer que eles suscitam da maneira mais frutífera a atividade das jovens. Aquela que sem isso jamais pegaria numa agulha e ficaria de braços cruzados, é levada pelo baile a uma confecção febril, e seus dedos se movem tão depressa antes do baile quanto seus pés no dia apropriado. Um baile ocupa uma jovem oito dias antes e oito depois, de modo que todo intervalo entre um baile e outro não é mais que as semeaduras para a colheita da noite do baile ou a degustação posterior de seus frutos, saboreados ao pensar-se e ao falar-se neles.

Imaginem um pintor que alimentou, por semanas a fio, a idéia do quadro que quer realizar: ele procura descobrir nas lojas a melhor tela, as cores mais brilhantes, esquece de comer e de beber, depois não abandona nem mais um instante seu cavalete, inteiramente mergulhado na execução do quadro que deve lhe trazer a glória no dia da exposição; cem vezes ele o retoca e pinta de novo, a imagem que traz dentro de si é difícil de tornar-se tão inteiramente visível quanto ele gostaria; ele sabe que sua idéia vem dos deuses, e, quando enfim terminou, tem a esperança de que, entre todas as outras pinturas, somente a sua chamará a atenção dos visitantes. Que se forme assim a imagem viva desse pintor, e que em seu lugar se coloque uma jovem; em vez do cavalete, o espelho; em vez do pincel, a agulha e a tesoura; em vez da tela e das cores, os artigos de seda e as fitas; em vez do pensamento concentrado no quadro, a melhor idéia que a excitação pode fazer surgir na mente de uma jovem; e terão a imagem de uma moça que se prepara para o baile de Natal ou qualquer outro grande baile.

Que o céu perdoe os pais e mães tirânicos capazes de recusar um baile a suas filhas; mais moças morreram de tristeza por um baile recusado do que em conseqüência do próprio baile; e se eventualmente uma ou outra contrai a tísica no baile, não será mais belo deixar levemente a vida dançando do que retirar-se dela furtivamente, rabugento e curvado sobre um bastão, com um pé precedendo em alguns anos o outro no túmulo? Quando um homem morre na guerra, diz-se que ele cai no campo de honra; para uma jovem, um baile é um campo de honra e uma jovem corajosa olha a morte nos olhos; ainda que em carne e osso à sua frente, com a mesma bravura de um herói no campo de batalha, ela pedirá um prazo para uma última valsa.

Digo ainda que cruel é a mãe que retira violentamente sua filha do baile, apesar de suas resistências, suas súplicas e seus dengos, antes que o galo convide o notívago a dormir. Bárbara, não te comoves com o olhar dessa jovem que te implora tão docemente? — Vais ficar doente, minha filha, por hoje basta. — Queres realmente ir embora? Mal comecei a me aquecer. — Sim, sim, estou com sono e, olha, teu pai se impacienta. — Só mais uma valsa! em seguida te acompanho. — Nem mais uma valsa, deves te acalmar, não sabes te moderar, vais ficar doente! — E eis que as flautas e os violinos chamam novamente os casais para uma dança endiabrada; a jovem bate o ritmo com o pé, o homem mais suave de todos os presentes se aproxima na ponta dos pés como um zéfiro: "Senhorita, posso permitir-me?" A pobre moça é obrigada a recusar e, gemendo interiormente, o vê resplandecendo nos braços de uma outra; praguejando, enrola-se em seu xale e contrariada volta para casa com a mãe. Todos aqueles casais ruidosos prosseguem sua dança, para cima e para baixo, num alegre alarido, e a moça não mais os vê.

Fechner*
por William James

* William James, "Concerning Fechner", in *A Pluralistic Universe*, 1909.

A existência de consciências superiores à humana não implica necessariamente um espírito absoluto. — Magreza do absolutismo contemporâneo. — O tom do panteísmo empírico de Fechner contrasta com o do panteísmo racionalista. — Vida de Fechner. — Sua visão é o que ele chama "a visão luminosa do mundo". — Sua maneira de raciocinar por analogia. — Para ele o universo inteiro é animado. — Sua fórmula monística não está necessariamente ligada a seu sistema. — A alma da Terra. — Em que ela difere de nossas almas. — "A Terra é um anjo". — A alma das plantas. — A lógica de Fechner. — Sua teoria da imortalidade. — Caráter "substancial" de sua imaginação. — Interioridade do panteísmo transcendental ordinário, em relação à visão de Fechner.

O prestígio do absoluto se desmoronou em nossas mãos. Suas provas lógicas foram mal-sucedidas; os retratos que dele nos dão seus melhores pintores são extremamente grosseiros e sombrios. Com exceção da fria consolação de nos assegurar que para ele tudo é bom, e que ao nos elevarmos a seu ponto de vista eterno não deixaremos de ver que tudo é bom para nós também, ele não nos fornece nenhuma idéia de espécie alguma. Ao contrário, faz penetrar na filosofia e na teologia o veneno de certas dificuldades das quais jamais teríamos ouvido falar sem sua intrusão.

Mas, se deixamos o absoluto desaparecer do universo, devemos então concluir que o mundo nada contém de superior, em matéria de consciência, à nossa própria consciência? Temos de contar como nada toda a nossa instintiva crença em realidades superiores, nossa persistente e íntima atitude orientada para uma divina presença com quem entrar em sociedade? Existe aí apenas uma enternecedora ilusão, própria de seres com um pensamento incuravelmente social e imbuídos de imaginação?

Uma conclusão tão radicalmente negativa seria, penso eu, insanamente temerária e se assemelharia ao ato de lançar uma criança fora de sua banheira junto com a água do banho. Pode-se logicamente acreditar em seres sobre-humanos sem identificá-los de maneira nenhuma com o absoluto; e o tratado de aliança ofensiva e defensiva que certos grupos do clero cristão estabeleceram recentemente com nossos filósofos transcendentalistas me parece repousar sobre um erro, inspirado por uma boa intenção, mas funesto. Nem o Jeová do Antigo Testamento, nem o Pai Celeste do Novo têm a menor coisa em comum com o absoluto, exceto que os três são maiores que o homem. Dir-me-ão talvez que a noção do absoluto é o termo onde se chega à idéia de Deus; que esta, desenvolvendo-se primeiro de modo a passar do Deus de Abraão ao Deus de David, e depois ao Deus de Jesus, estava inevitavelmente destinada a se desenvolver ainda mais para se tornar o absoluto nos espíritos mais modernos e mais voltados à reflexão. — Responderei que, se pode ter sido assim em certos espíritos realmente filosóficos, o desenvolvimento seguiu um caminho totalmente diverso nos espíritos que devem ser mais propriamente qualificados de religiosos. Toda a história do Cristianismo evangélico está aí para prová-lo.

É em favor desse outro caminho que me proponho falar aqui. Cumpre colocar em seu verdadeiro quadro a doutrina do absoluto; cumpre impedi-la de preencher todo o azul do céu e de excluir todas as alternativas possíveis de um pensamento superior — como ela parece fazê-lo para numerosos espíritos que a abordam com um conhecimento insuficiente da filosofia. Assim, vou opô-lo a um sistema que, abstratamente considerado, parece à primeira vista ter muitos pontos em comum com a doutrina do absoluto, mas que, quando o consideramos concretamente e sem separá-lo do temperamento do autor, revela-se ocupando o pólo oposto: quero falar da filosofia de Gustav Theodor Fechner, escritor ainda pouco conhecido dos leitores ingleses, mas que está destinado, tenho certeza, a exercer no futuro uma influência cada vez maior.

É por ser concreto no mais alto grau, e por causa de sua fertilidade nos detalhes, que Fechner me enche de uma admiração que gostaria de partilhar.

Entre os espíritos extravagantes e ao mesmo tempo apaixonados por filosofia com os quais travei conhecimento, havia uma dama da qual nada mais recordo, exceto um único princípio. Se tivesse nascido no arquipélago jônico há três mil anos, essa doutrina provavelmente teria sido suficiente para lhe garantir um nome em todos os programas universitários e em todas as dissertações de exames. O mundo, ela dizia, é composto apenas de dois elementos, a saber: *o Espesso* e *o Delgado*. Ninguém pode negar a exatidão dessa análise, desde que lhe conservemos seu verdadeiro alcance, embora, à luz de nosso conhecimento atual da natureza, ela própria tenha uma aparência *delgada*. Em todo caso, em parte alguma tal observação é mais verdadeira do que nessa região do universo chamada filosofia. Tenho certeza que mais de um de vós, por exemplo, ao escutar a pobre exposição que pude fazer do idealismo transcendental, terá tido a impressão de que seus argumentos eram estranhamente delgados, e que os termos em presença dos quais ela vos deixa são, para um mundo espesso e repleto como o nosso, invólucros de uma delgadeza de arrepiar! Naturalmente, é minha própria exposição que alguns de vós acusarão de ser delgada; porém, por mais delgada que ela pudesse ser, parece-me que as doutrinas em questão o eram ainda mais.

De Green a Haldane[1], o absoluto, que nos é proposto para esclarecer os aspectos confusos oferecidos pelo matagal da experiência onde transcorre nossa vida, permanece uma abstração que ninguém ou quase ninguém se esforça por tornar um pouco mais concreta. Se abrimos Green, não encontramos aí senão o Eu transcendental da apercepção — retomando a palavra pela qual Kant designa esse fato, direi que, para figurar na experiência, uma coisa deve ser percebida por um certo sujeito. Esse Eu,

---

[1] Aqui e nas páginas seguintes, W. James citará diversos filósofos de sua época, geralmente britânicos, associados ao idealismo. (N. do T.)

com Green, se infla numa interminável bolha de sabão, suficientemente volumosa para refletir o universo inteiro. A natureza, Green insiste longamente nisso, compõe-se apenas de relações; — e estas implicam a ação de um espírito eterno, de uma consciência que se distingue ela própria e que escapa às relações que lhe servem para determinar as outras coisas. Presente em tudo o que é sucessão, ela mesma não é sucessão. Se consultarmos os dois Caird, não nos dizem muita coisa a mais sobre o princípio do universo: para eles, esse princípio é sempre um retorno à Identidade do Eu que se separa como diferente dos objetos que ele conhece. Separa-se deles e consegue assim concebê-los como separados uns dos outros, ao mesmo tempo que torna a associá-los entre si a título de elementos compreendidos numa consciência única e superior: a consciência que ele tem de si mesmo.

Eis o que parece ser a quinta-essência da "magreza"; e a matéria tratada não se faz mais espessa quando vemos, após uma enorme quantidade de leituras, que esse grande Eu que envolve tudo isso é a razão absoluta: esta se caracteriza como tal pelo hábito de empregar certas *categorias*, que não poderiam ser mais magras, para estabelecer relações e realizar assim sua obra suprema. Tudo o que há de matéria em movimento nos fatos naturais é peneirado e não resta senão um formalismo intelectualista absolutamente vazio.

Hegel quis tornar esse sistema mais concreto, dando às relações entre as coisas uma natureza "dialética". Mas, se nos dirigimos aos que se servem de seu nome com o mais religioso respeito, vemo-los abandonarem todos os resultados particulares de sua tentativa e se contentarem em louvar suas intenções — mais ou menos como nós as louvamos à nossa maneira. Haldane, por exemplo, em suas maravilhosas conferências da fundação Gifford, eleva Hegel às nuvens; mas o que ele diz a seu respeito se reduz, ou quase, a isto: "As categorias nas quais o espírito dispõe suas experiências e as interpreta, os universais nos quais as idéias particulares são captadas no indivíduo, formam um encadeamento lógico cujo primeiro termo pressupõe o último, enquanto este pressupõe o primeiro e o torna verdadeiro". É com dificuldade que Haldane procura dar um pouco de corpo a essa idéia lógica tão delgada. Ele diz que o pensamento absoluto em si mesmo, e o pensamento absoluto admitido como outro, com a distinção que ele estabelece para si mesmo em relação a si mesmo, têm por *antecedente* real o pensamento absoluto sinteticamente admitido; e, sendo essa a verdadeira natureza do pensamento absoluto, sempre de acordo com Haldane, seu caráter dialético deve se mostrar sob formas tão concretas como a poesia de Goethe ou de Wordsworth, e também sob formas religiosas. "A natureza de Deus, a natureza do pensamento absoluto, é manifestar o tríplice movimento da dialética; assim a natureza de Deus, tal como é representada na religião, deve ser uma triplicidade, uma trindade". Mas, após ter nomeado Goethe e Wordsworth, e estabelecido a trindade, o hegelianismo de Haldane dificilmente nos faz penetrar uma polegada no detalhe concreto do universo que efetivamente habitamos!

Igualmente delgado é Taylor, tanto em seus princípios quanto nos resultados que lhes atribui. A exemplo de Bradley, ele começa por nos assegurar que a realidade não poderia estar em contradição consigo mesma; mas que essa contradição existiria para uma coisa em relação a uma outra que lhe fosse realmente exterior, e que assim a realidade última deve ser um só todo, uma síntese única e total. Entretanto, tudo o que ele é capaz de dizer desse todo ao final de seu livro, aliás muito bem escrito, é que não há aí uma noção "que possa acrescentar algo a nossos conhecimentos, nem fornecer por ela mesma algum móbil para nossos esforços práticos".

Mac Taggart nos oferece um cardápio quase igualmente magro. "O principal interesse prático da filosofia de Hegel, diz ele, reside na certeza abstrata, dada por nossa lógica, de que toda realidade é racional e absolutamente boa, mesmo quando não podemos de modo nenhum perceber como ela é... Não que a lógica nos mostre em que as coisas que nos cercam são boas, ou como podemos torná-las melhores; mas ela prova que, como quaisquer outras realidades, elas são perfeitamente boas *sub specie aeternitatis*, e destinadas a se tornarem perfeitamente boas *sub specie temporis*".

Também aqui não há o menor detalhe: havendo a certeza abstrata, o detalhe, seja ele qual for, será bom. Aliás, o vulgo, alheio a toda dialética, já possui essa certeza, generoso resultado do entusiasmo vital que ele experimenta, desde o nascimento, em relação ao universo. Ora, a filosofia transcendental se caracteriza por seu desprezo soberano em relação ao que, como o entusiasmo, é somente uma função da vida, e por sua pretensão de dar ao que em nós é um simples ato de fé, uma crença imediata, a forma de uma certeza logicamente elaborada que seria absurdo colocar em questão. Mas toda a base sobre a qual repousa tão solidamente a certeza particular de Mac Taggart se resume, por um efeito de compressão, e como se coubesse numa casca de noz, na única fórmula em que ele faz se encaixar o evangelho de Hegel, quando declara que, em toda parcela da experiência e do pensamento, por mais limitada que seja, a realidade inteira, a Idéia absoluta, como Hegel a denominou, está "implicitamente presente".

Tal é de fato a *visão* de Hegel, e o filósofo pensava que os detalhes de sua dialética demonstrariam sua verdade. Mas os discípulos que não estão satisfeitos com os detalhes da argumentação, e no entanto se obstinam em conservar a mesma visão, de modo nenhum são superiores, apesar da pretensão de possuírem uma consciência mais racional, ao vulgo, com seus entusiasmos ou suas crenças adotadas deliberadamente. Nós mesmos observamos, em alguns pontos, a fraqueza da argumentação monista. Se Mac Taggart lança, por sua própria conta, numerosas pedras no jardim, isto é, na lógica de Hegel, e acaba por concluir que "toda verdadeira filosofia deve ser mística, não certamente em seu método, mas em suas conclusões finais", o que isso significa, senão que os métodos racionalistas nos deixam confusos, apesar de toda a sua superioridade, e que no fim de contas a visão e a fé devem prolongá-los? Mas a visão aqui é delgada e abstrata, para não falar da crença! A realidade inteira, explicitamente ausente de nossas experiências finitas, deve todavia estar implicitamente presente em todas elas, embora nenhum de nós jamais possa ver como a simples palavra *implícita* sustém em sua frágil ponta toda a pirâmide do sistema monista!

Com Joachim, a teoria monista da verdade repousa sobre uma ponta ainda mais frágil. — "*Ja-*

mais duvidei, diz ele, que essa verdade universal e eterna seja um conteúdo ou uma significação única, que ela seja una, total e completa"; e ele confessa francamente o fracasso das tentativas racionalistas feitas para elevar essa "certeza imediata" ao nível do conhecimento reflexivo. Em resumo, para ele não há, naquilo que a vida nos oferece, nenhum intermediário entre a Verdade, com maiúscula, e todas as pequenas verdades de baixa condição — inclusive os erros — que a vida apresenta. Ele jamais "duvidou": eis aí um fato psicológico, e esse fato basta!

Para mim, toda essa pirâmide monista, apoiada em pontas tão frágeis quanto estas, me parece ser um *ato de autoridade* (*Machtspruch*), um produto mais da vontade que da razão. A unidade é boa; logo, é preciso que todas as coisas sejam coerentes; *é preciso* que elas produzam uma coisa só; *é preciso* que haja categorias que formem disso um todo único, por mais separadas que as coisas possam se mostrar empiricamente. Nos escritos do próprio Hegel, o espírito *de decisão* está em toda parte e comanda do alto: se a linguagem e a lógica lhe opõem resistência, ele passa por cima delas. O erro de Hegel, como disse tão bem o professor Royce, "não consistia em fazer a lógica penetrar na paixão", como às vezes o acusam, "mas em conceber a lógica da paixão como a única lógica... Com isso ele é sugestivo, diz Royce; mas jamais oferece nada de definitivo. Seu sistema se esboroou enquanto sistema, enquanto sua concepção vital de nossa vida subsiste para sempre"[2].

Já vimos essa concepção vital. Ela consiste em que as coisas reais, num certo sentido, não são simplesmente elas mesmas, sem tirar nem pôr; mas que admitem ser consideradas, de um modo menos rigoroso, seus próprios opostos. Como a lógica ordinária não admite isso, é preciso ultrapassá-la. E ela não admite isso porque substitui as coisas reais por conceitos e porque os conceitos são exatamente *eles mesmos* sem tirar nem pôr. O que Royce chama de o sistema de Hegel consiste no esforço feito por Hegel para nos convencer de que todo o seu trabalho se executava por conceitos que, moídos até

---

[2] *The Spirit of Modern Philosophy*, p. 327.

o esgotamento de seu conteúdo, lhe permitiam extrair uma lógica superior; — quando, em realidade, sua experiência sensível, suas hipóteses e seus sentimentos apaixonados lhe forneciam todos os resultados obtidos.

O que eu mesmo posso entender por coisas que são seus próprios opostos, é o que veremos numa próxima lição. Chegou o momento de considerarmos Fechner. O que ele tem de *espesso*, de substancial, oferece um contraste repousante com o aspecto descarnado, abstrato, indigente, famélico e gasto, em sua forma escolar, das especulações que nossos filósofos do absoluto geralmente apresentam.

Em verdade, há algo de fantástico e de inquietante no contraste entre as pretensões abstratas do racionalismo e os resultados concretos de que são suscetíveis os métodos racionalistas! Se o *a priori* lógico de nosso espírito fosse realmente, em todo o nosso pensamento finito, "a presença implícita da categoria total e concreta", a essência total da razão, da realidade, da alma, da idéia absoluta ou do que quer que seja, e se essa razão trabalhasse, por exemplo, aplicando o método dialético, não parece estranho que esse método jamais tenha sido tentado onde se oferece a melhor amostra, até aqui conhecida, de um trabalho feito em vista de racionalizar tudo, isto é, na "ciência"? Pois bem, a ciência não me apresenta nem uma amostra dele, mesmo isolada! É às hipóteses, e às deduções delas extraídas para serem controladas por meio da observação sensível e de analogias com o que se conhece noutras partes, que se devem todos os resultados da ciência.

Esses últimos métodos foram os únicos que Fechner empregou para estabelecer suas conclusões metafísicas sobre a realidade. Mas deixem-me primeiro recordar alguns fatos sobre sua vida.

Nascido em 1801, na Saxônia, filho de um pobre pastor do campo, ele viveu até 1887. Tinha portanto oitenta e seis anos quando morreu em Leipzig. Era o tipo do sábio que a Alemanha de outrora conheceu. Seus recursos materiais foram sempre magros: assim, ele só podia ser pródigo no domínio do pensamento; mas este abriu-lhe um caminho! Fechner passou nos exames de medicina da Universidade de Leipzig com vinte e um anos de idade; mas, em vez de praticar sua arte, resolveu dedicar-se às ciências físicas. Somente ao cabo de dez anos o nomearam professor de física, embora desde cedo tivesse sido autorizado a dar conferências.

No intervalo, era-lhe preciso ganhar o pão, e fez isso mediante uma volumosa produção literária. Traduziu, por exemplo, os quatro volumes do *Traité de Physique* de Biot e as obras de Thénard, em seis volumes, sobre química. Mais tarde ocupou-se em publicar edições aumentadas dessas obras. Dirigiu também a publicação de alguns compêndios de química e de física, um jornal de farmácia e uma enciclopédia em oito volumes, da qual redigiu cerca de um terço. Publicou ainda, por sua conta, tratados de física e pesquisas experimentais, especialmenete sobre a eletricidade. A medida dos fenômenos, como sabem, é a base dessa última ciência, e as medidas de Fechner para o galvanismo, obtidas com aparelhos extremamente simples de sua fabricação, permaneceram clássicas. Durante esse tempo, publicou, sob o pseudônimo de "Dr. Misès", um certo número de escritos em parte filosóficos, em parte humorísticos, que alcançaram várias edições, assim como poemas, ensaios sobre questões de arte e de literatura, e outros artigos de circunstância.

Mas o trabalho excessivo, a pobreza e uma doença dos olhos, causada por suas observações sobre a produção das imagens retinianas — outro exemplo clássico de suas investigações — produziram em Fechner, então com trinta e oito anos, um terrível ataque de prostração nervosa, com uma dolorosa hiperestesia de todas as funções: ele padeceu disso durante três anos e teve de se retirar inteiramente da vida ativa. A medicina atual teria considerado em parte a doença do pobre Fechner como uma neurose crônica; mas foi tal a gravidade que, em sua época, ela foi vista como um golpe sobrenatural, incompreensível em sua malignidade; e, quando de repente começou a se recuperar, Fechner, assim como os outros, considerou essa cura como uma espécie de milagre.

Essa doença, ao colocar Fechner às voltas com o desespero interior, produziu uma grande crise em sua vida. "Se eu não tivesse então me apegado à *crença*, disse ele, de que meu apego *à minha crença* traria, de uma maneira ou de outra, uma recompensa, eu não teria suportado essa provação [*So hatte ich jene zeit nicht ausgehalten*]." Suas crenças religiosas e cosmológicas o salvaram; e seu grande objetivo desde então foi elaborá-las, para comunicá-las ao mundo. Ele fez isso numa escala muito ampla; mas não morreu sem antes ter feito muitas outras coisas.

Entre seus trabalhos, cumpre citar um livro, igualmente clássico, sobre a teoria dos pesos atômicos, e quatro volumes, muito elaborados, de pesquisas matemáticas e experimentais sobre o que ele chamava a psicofísica: foi através do primeiro desses quatro volumes que Fechner, de acordo com muitas pessoas, verdadeiramente fundou a psicologia científica. É preciso citar ainda uma obra sobre a evolução orgânica e outras duas sobre a estética experimental, nas quais ele é também considerado por alguns bons juízes como fundador de uma ciência nova. Daqui a pouco falarei mais em detalhe de suas obras mais propriamente religiosas e filosóficas.

Toda Leipzig o pranteou quando morreu, pois ele era o modelo do sábio alemão ideal, tão audaciosamente original em seu pensamento quanto era simples em sua vida. Modesto, cordial, laborioso, escravo das exigências da verdade e do saber, ele possuía, por outro lado, um estilo admirável e cheio de sabor. A geração materialista dos anos 1850 e 1860, que qualificava de imaginárias suas especulações, foi substituída por uma geração que manifestou uma maior liberdade de imaginação, e um Preyer, um Wundt, um Paulsen e um Lasswitz poderiam agora falar de Fechner como seu mestre.

Seu espírito foi realmente uma daquelas encruzilhadas estabelecidas para numerosos caminhos, que só de muito em muito tempo são ocupadas pelos filhos dos homens e das quais nada é demasiado próximo nem demasiado distante para ser visto com a perspectiva desejada. A observação mais paciente, o espírito matemático mais exato, o discernimento mais desinteressado, os sentimentos mais humanos, manifestavam-se nele no mais alto grau, sem que nenhuma dessas qualidades parecesse prejudicar as outras: ele era, de fato, um filósofo no "grande" sentido da palavra, embora tivesse muito menos gosto que a maior parte dos filósofos pelas abstrações de ordem "delgada". Para ele, a abstração vivia no concreto; e o motivo oculto para tudo o que ele fez foi levar o que chamava a "visão luminosa do mundo" a uma evidência cada vez maior.

Essa visão luminosa era de que todo o universo, em todas as suas porções de espaço e comprimentos de ondas mensuráveis, em todos os seus movimentos para rejeitar ou absorver dentro dele o que quer que seja, é em toda parte vivo e consciente. Sua obra principal, o *Zend-avesta*, levou cinquenta anos até chegar à sua segunda edição (1901). "Uma andorinha, diz ele, não faz a primavera. Mas a primeira andorinha não viria se a primavera não estivesse por vir, e, para mim, essa primavera representa minha visão luminosa que, mais dia menos dia, triunfará!"

O pecado original, segundo Fechner — tanto o do pensamento popular quanto o do pensamento científico — é nosso hábito inveterado de ver o espiritual não como a regra, mas como a exceção na natureza. Em vez de considerarmos que nossa vida se nutre das tetas de uma vida mais ampla que a nossa, em vez de acreditarmos que nossa individualidade é alimentada por uma individualidade mais vasta, que deve necessariamente ter mais consciência e mais independência do que tudo o que ela produz, habitualmente consideramos tudo o que está fora de nossa vida apenas como escórias e cinzas; ou, se acreditamos num *espírito divino*, imaginamo-lo de um lado como incorpóreo, e colocamos do outro lado a natureza sem alma. Que consolação, ou que paz, pergunta Fechner, pode resultar de tal doutrina? A seu sopro as flores secam, as estrelas se transformam em pedra, nosso próprio corpo se torna indigno de nosso espírito e decai a ponto de ser somente uma morada para os sentidos carnais. O livro da natureza converte-se num volume sobre mecânica, no qual tudo o que tem vida é visto como uma espécie de anomalia: uma separação, um enorme abismo se cava entre nós e tudo o que é mais elevado que nós; e Deus se torna um frágil ninho de magras abstrações.

O grande instrumento de Fechner para vivificar essa visão luminosa é a analogia: não encontramos um único argumento racionalista nas numerosas páginas que ele escreveu, mas apenas raciocínios semelhantes aos que os homens empregam continuamente na vida prática. Eis um exemplo.

Minha casa foi construída por alguém: o mundo, igualmente, foi construído por alguém. O mundo é maior do que minha casa: é preciso que alguém maior do que eu tenha construído o mundo. Meu corpo se move sob a influência de minha sensibilidade e de minha vontade: o sol, a lua, o mar e o vento, sendo mais poderosos, movem-se sob a influência de uma sensibilidade e de uma vontade mais poderosas. Vivo agora, e me transformo de um dia para o outro: viverei mais tarde, e transformar-me-ei ainda mais, etc.

Bain define o gênio como a faculdade de perceber analogias. Fechner era capaz de perceber uma quantidade prodigiosa delas; mas insistia igualmente sobre as diferenças. Negligenciar levá-las em conta, ele dizia, é o erro comumente cometido no raciocínio por analogia. Assim, muitos de nós fazem o raciocínio justo de que, estando todos os espíritos por nós conhecidos ligados a corpos, segue-se que o espírito divino também deve estar ligado a um corpo; depois, resolvem supor que esse corpo, também para Deus, deve ser exatamente o corpo de um animal, e passam a fazer de Deus uma descrição inteiramente humana. Mas o que comporta a analogia em questão? *Um corpo* e nada mais. Os traços particulares de *nosso* corpo são adaptações a um hábitat tão diferente do de Deus que, se Deus tiver um corpo físico, esse corpo deve ter uma estrutura completamente diferente da nossa.

Assim, em todas as suas obras, Fechner considera simultaneamente as diferenças e as analogias, e, graças à sua faculdade extraordinária de perceber umas tão bem quanto as outras, ele descobre, no que se tomaria em geral como um argumento contra ele, elementos capazes de dar, ao contrário, mais força às suas conclusões.

Os espíritos da ordem mais vasta coexistem com os corpos da ordem mais vasta. A terra sobre a qual vivemos deve ter inteiramente, segundo nosso filósofo, sua consciência coletiva. O mesmo deve ocorrer para cada sol, cada lua, cada planeta. O sistema solar inteiro deve ter sua própria consciência mais vasta, na qual a consciência de nossa terra desempenha um papel determinado. E o sistema inteiro dos corpos celestes, por sua vez, possui também sua consciência. Supõe-se que ele pode não ser a soma de todas as coisas *existentes*, materialmente consideradas? Então, que se acrescente a esse sistema, tomado em seu conjunto, todas as outras coisas capazes de existir; e teremos o corpo em que reside essa consciência do mundo, consciência tornada assim universal e que os homens chamam Deus.

Especulativamente, portanto, em sua teodicéia, Fechner é monista; mas há lugar em seu universo para todos os graus de seres espirituais entre o homem e o Deus supremo que abrange tudo. Todavia, ao nos sugerir o que pode ser o conteúdo positivo de todo esse mundo sobre-humano, dificilmente o autor deixa sua imaginação voar para além dos simples espíritos da ordem planetária. Ele crê apaixonadamente na alma da terra: considera a terra como nosso anjo da guarda, como um anjo especialmente afeiçoado ao homem; e pensa que podemos rezar pela terra assim como os homens rezam por seus santos. Mas parece-me que em seu sistema, como em tantas teologias históricas e positivas, o Deus supremo apenas simboliza uma espécie de limite ou demarcação em relação aos mundos que se estendem acima do homem. Esse Deus permanece *delgado* e abstrato em sua majestade, e os homens preferem, para seus assuntos pessoais, dirigir-se aos numerosos mensageiros e mediadores, muito menos afastados e muito menos abstratos, que a ordem divina fornece.

Examinarei mais tarde se o aspecto abstratamente monista que as especulações de Fechner tomaram lhe era imposto pela lógica. Não o creio. Por enquanto, permitam-me fazê-los penetrar um pouco mais no detalhe de seu pensamento. Apresentar apenas um sumário e uma síntese deste é fazer-lhe justiça de uma maneira bastante mesquinha. De fato, embora o tipo de raciocínio que ele emprega seja de uma simplicidade quase infantil, e suas conclusões, reduzidas à sua mais simples expressão, possam caber numa única página, a força desse homem se deve inteiramente à profusão de sua imaginação concreta, à quantidade dos pontos que ele considera sucessivamente, ao efeito produzido ao mesmo tempo por sua erudição, sua profundidade e sua engenhosidade nos detalhes, à naturalidade admirável de seu estilo, à sinceridade que se manifesta em todas as suas páginas e, finalmente, à impressão que ele dá de um homem que não vive uma vida de empréstimo, mas que vê, que realmente fala como homem qualificado para falar, e não como se pertencesse ao rebanho dos escribas profissionais da filosofia!

Formulada abstratamente, sua conclusão mais importante para o objeto de nossas lições é que a constituição do universo é idêntica em toda a sua extensão.

Entre nós, a consciência visual vai de par com nossos olhos, a consciência tátil com nossa epiderme; mas, embora a epiderme ignore as sensações do olho, todas elas estão presentes, combinadas segundo uma certa relação, na consciência mais compreensiva que cada um de nós chama seu Eu. Cumpre portanto supor, diz Fechner, que, absolutamente da mesma maneira que minha conciência de mim mesmo e a consciência que vós tendes de vós, embora permanecendo separadas em sua realidade imediata e nada sabendo uma da outra, elas são no entanto conhecidas e utilizadas juntamente numa consciência superior — na da espécie humana, por exemplo — onde figuram como partes componentes.

Também do mesmo modo, todo o reino humano e todo o reino animal coexistem como condições inseparáveis de uma consciência cujo campo é ainda mais vasto. Essa última consciência se combina na alma da terra com a consciência do reino vegetal que, por sua vez, leva sua parte de experiência à do sistema solar inteiro; e assim sucessivamente de síntese em síntese, e de uma etapa a outra, até o momento em que se atinge uma consciência absolutamente universal.

Tal é essa imensa série de analogias que têm por base fatos diretamente observáveis em nós mesmos.

A hipótese de uma consciência pertencente à terra depara-se com um forte preconceito instintivo que Fechner se aplica engenhosamente em superar. O espírito humano, acreditamos, é a consciência mais elevada que existe na terra, esta sendo, por ela mesma e sob todos os aspectos, inferior ao homem. Como então sua consciência, supondo-se que exista, poderia ser superior à consciência humana?

Quais são os sinais de superioridade que tentamos aqui invocar a nosso favor? Examinando-os mais de perto, Fechner mostra que a terra possui todos eles, de maneira mais completa e perfeita que nós. Ele considera em detalhe os pontos em que ela difere de nós, e mostra que todos eles militam em favor da condição superior da terra. Vou apenas mencionar alguns.

Um desses pontos, naturalmente, é a independência em relação aos outros seres exteriores. Fora da terra, não há senão os outros corpos celestes. Todas as coisas das quais nossa vida depende exteriormente — o ar, a água, o alimento vegetal e animal, nossos semelhantes etc. — se acham compreendidas nela a título de elementos constitutivos. Ela se basta a si mesma em milhares de pontos, enquanto o mesmo não ocorre para nós. Dependemos dela para a maior parte das coisas: ela depende de nós apenas numa pequena parte de sua história. Ela nos arrasta em sua órbita do inverno ao verão, do verão ao inverno, e sua rotação sobre si mesma nos faz passar do dia à noite, da noite ao dia.

A complexidade na unidade é outro sinal de superioridade. Ora, a terra em seu conjunto oferece uma complexidade que supera em muito a de qualquer organismo, pois, ao mesmo tempo que abrange todos os nossos organismos, abrange também um número infinito de coisas que nossos organismos não poderiam abranger. No entanto, como são simples e inteiriças as fases da vida que é propriamente a dela! Assim, como a atitude total de qualquer animal é calma e tranqüila, comparada à agitação de seus glóbulos sangüíneos, também a terra é um ser calmo e tranqüilo quando a comparamos aos animais que ela faz viver.

Desenvolver-se a partir de dentro em vez de ser modelado de fora, eis outro aspecto que conta aos olhos dos homens como algo superior. Um ovo é uma forma de existência superior à de uma massa de argila que alguém modela, de fora, à imagem de um pássaro. Pois bem, a história da terra se desenvolve desde dentro: como um ovo maravilhoso que fosse incubado sob a ação do calor do sol, ela soube cumprir os diferentes ciclos de sua evolução.

A individualidade do tipo num ser e o fato de se diferenciar dos outros seres do mesmo tipo é também um ponto que assinala sua condição. Ora, a terra se distingue de todos os outros planetas; e, enquanto classe, os seres planetários, por sua vez, são notavelmente distintos dos outros seres.

Antigamente, chamava-se a terra um animal; mas um planeta pertence a uma classe de seres superior à do homem ou do animal: ela não apenas é maior do ponto de vista quantitativo, comparável a um cetáceo ou a um elefante imenso e desgracioso, mas também é um ser cujas vastas dimensões exigem um plano de vida inteiramente diferente. Nossa organização animal se deve à nossa inferioridade. Nossa necessidade de ir e vir, de estender nossos membros e de curvar nosso corpo, não mostra senão nossa imperfeição. Que são nossas pernas senão muletas, através das quais, por esforços incessantes, saímos em busca das coisas que não possuímos no interior de nosso ser? Ora, a terra não conhece tal deformidade, já que possui em seu seio as coisas que buscamos tão penosamente. Por que teria ela membros análogos aos nossos? Acaso quererá imitar um ser que é apenas uma pequena parte dela mesma? De que servem braços, para ela que nada precisa alcançar? Para que um pescoço, sem uma cabeça a transportar? Para que olhos ou nariz, se ela encontra sem eles seu caminho através do espaço, e se tem os milhares de olhos de todos os seus animais para guiá-la nos movimentos que executa, e todos os seus narizes para cheirar as flores que brotam em sua superfície? Sim, assim como fazemos parte da terra, também nossos órgãos são órgãos dela. Ela é, por assim dizer, toda olhos e toda ouvidos em toda a sua extensão: tudo que vemos e ouvimos separadamente, ela vê e ouve de uma maneira simultânea. Ela faz nascer em sua superfície incontáveis espécies de seres, e a incalculável quantidade das suas relações conscientes são absorvidas por ela em sua vida consciente mais alta e mais geral.

A maior parte de nós, considerando a teoria segundo a qual o conjunto total da massa terrestre é animado como o é nosso corpo, comete o erro de interpretar demasiado literalmente essa analogia, e de não levar em conta as diferenças. Se a terra é de fato um organismo senciente, digamos, onde está seu cérebro? Onde estão seus nervos? O que é que nela representa o coração e os pulmões? Em outras palavras, esperamos que as funções que ela já efetua graças a nós sejam também efetuadas por ela fora de nós, e precisamente da mesma maneira. Mas é muito evidente que a terra efetua algumas dessas funções de uma maneira que não se assemelha à nossa. Vejam a circulação: de que serve um coração para a terra, se o sol jamais lhe retira os aguaceiros que caem sobre ela, nem as nascentes, nem os riachos e os rios que a regam? Que necessidade ela tem de pulmões internos, quando toda a sua superfície sensível mantém um comércio vivo com a atmosfera que jamais perde contato com ela?

O órgão que mais nos embaraça é o cérebro. Toda consciência de que temos um conhecimento imediato parece ligada a centros nervosos. Pode haver consciência, perguntamos, onde não há cérebro? Mas o nosso cérebro, que primitivamente serve para colocar nossas reações musculares em correlação com os objetos externos dos quais dependemos, cumpre uma função que a terra efetua de maneira completamente diversa. Ela não possui músculos ou membros verdadeiros, e os únicos objetos que lhe são exteriores são os outros astros. Sob esse aspecto, sua massa inteira reage pelas modificações mais delicadas de seu comportamento total, e por respostas que, em sua substância mesma, se produzem sob a forma de vibrações ainda mais delicadas. Seu oceano reflete as luzes do céu como num poderoso espelho; sua atmosfera as refrata como uma lente enorme; suas nuvens e seus campos de neve, combinando-as, fazem com elas o branco; suas florestas e suas flores, dispersando-as, fazem com elas as cores. A polarização, as interferências e a absorção suscitam na matéria impressões sensíveis que nossos sentidos demasiado grosseiros ignoram inteiramente.

Essas relações cósmicas que existem para a terra não exigem portanto um cérebro especial como tampouco exigem olhos ou ouvidos. É verdade que nosso sistema nervoso unifica e coordena nossas inumeráveis funções. Nossos olhos nada sabem dos sons, e nossos ouvidos nada sabem da luz; mas, graças a nosso sistema nervoso, podemos ter consciência do som e da luz simultaneamente e compará-los um ao outro. Isso, nós explicamos pelas fibras nervosas que, no cérebro, ligam os centros ópticos ao centro acústico. Mas de que maneira exatamente essas fibras ligam, não apenas as sensações, mas os centros? Eis o que não se sabe. E se as fibras nervosas forem realmente tudo o que se requer para que o circuito funcione, será que a terra não tem seus meios de comunicação pelos quais você e eu nos prolongamos fisicamente um no outro, comunicação mais do que suficiente para fazer, em relação aos nossos dois espíritos, o que as fibras cerebrais fazem para a audição e a visão num mesmo espírito? Todo meio superior de unificar as coisas terá de ser literalmente uma fibra cerebral e chamar-se apenas assim? Não poderá o espírito da terra conhecer de outro modo o conteúdo de nossos pensamentos tomados todos juntos?

A imaginação de Fechner, ao insistir tanto sobre as diferenças quanto sobre as semelhanças, se aplica assim em tornar mais concreta a maneira de representarmos a terra em seu conjunto. Para ele, é uma festa a idéia das perfeições que ela possui. Para transportar sua preciosa carga, a toda hora, em qualquer estação, que forma poderia ser mais excelente que a sua, que é ao mesmo tempo cavalo, rodas e carroça? Pensem em sua beleza! Pensem nesse globo luminoso iluminado pelo sol e tendo o céu azul numa de suas metades, enquanto a outra mergulha numa noite estrelada. Pensem em todas as suas águas, em suas miríades de luzes e de sombras, pelas quais os céus se refletem nas dobras de suas montanhas e nos recônditos de seus vales! Não seria esse globo luminoso um espetáculo glorioso como o do arco-íris, se pudéssemos vê-lo de longe como se vêem suas partes do alto de suas próprias montanhas? Todas as qualidades possíveis que uma paisagem pode ter, e para as quais um nome existe, seriam então visíveis num único olhar sobre a terra: — tudo que é delicado ou gracioso; tudo que é calmo ou selvagem; tudo que é pitoresco; tudo que é desolação ou alegria, riqueza luxuriante ou frescor. Essa paisagem é o rosto dela: paisagem povoada, na qual os olhos dos homens apareceriam como diamantes em meio a gotas de orvalho. O verde seria a cor dominante; mas, em sua atmosfera azul e em suas nuvens, ela se envolveria como uma noiva em seu véu; — e as dobras delicadas e transparentes desse véu, a terra, ajudada pelos ventos que a servem, jamais se cansam de estender e revestir em torno dela!

Todos os elementos possuem caracteristicamente alguns seres vivos que são como que seus cidadãos particulares. Pode o oceano celeste não os ter — esse oceano formado pelo éter, com ondas feitas de luz, onde a própria terra flutua? Pode não ter seus habitantes, tanto mais elevados quanto fazem parte de um elemento mais elevado? Seres que não têm necessidade de nadadeiras para nadar, nem de asas para voar; que se movem, pelo efeito de uma força semi-espiritual, nesse mar semi-espiritual que ocupam, comprazendo-se em trocar entre si a ação da luz, obedecendo ao menor impulso produzido por sua atração recíproca, e contendo cada um inesgotáveis riquezas íntimas?

Os homens sempre inventaram fábulas sobre os anjos que têm por morada a luz, que não precisam comer nem beber como na terra, e que servem de mensageiros entre Deus e nós. Ora, eis aí seres realmente existentes, que têm por morada a luz, e que se movem através do céu, que não precisam de comida nem de bebida, e que servem de intermediários entre Deus e nós, obedecendo a seus mandamentos. Se os céus são de fato a morada dos anjos, é preciso que os corpos celestes sejam precisamente esses anjos, pois *nos céus* não existem absolutamente outras criaturas. Sim, a terra é nosso imenso anjo da guarda, o anjo que vela por todos os nossos interesses estreitamente solidários.

Numa página notável, Fechner relata um dos momentos em que teve a visão direta dessa verdade.

"Numa manhã de primavera saí a passear. O campo estava verdejante, os pássaros cantavam, o orvalho cintilava, vapores se elevavam no ar; aqui e acolá, um homem se mostrava; uma luz de transfiguração, por assim dizer, pairava sobre todas as coisas. Não era senão uma pequena porção da terra, um momento de sua existência; no entanto, à medida que meu olhar a abarcava mais e mais, fui percebendo não apenas a idéia tão admiravelmente bela, mas também o fato tão verdadeiro, tão manifesto, de que ela é um anjo, suntuosamente real, resplandecente, semelhante a uma flor! Um anjo que segue seu caminho circular nos céus com um andar tão firme, tão constantemente similar a ela mesma, e com a face — essa face cheia de vida — inteiramente voltada na direção do Céu, para o qual ele me arrasta a fim de que eu também o acompanhe. Sim, fato muito verdadeiro, muito manifesto — a tal ponto que me pergunto como os homens puderam, multiplicando suas concepções, afastar-se da vida e só ver na terra um torrão dessecado, buscando anjos apenas acima ou em torno dela e acabando por não encontrá-los em parte alguma!... Mas uma experiência como esta é tida por imaginária. A terra é um corpo esférico, e o que ela pode ser além disso poderá ser encontrado nas coleções de mineralogia!..."[3]

Onde não há uma visão, não há mais ninguém. Entre os que ensinam a filosofia, muito poucos têm uma visão qualquer. Fechner tinha uma visão: por isso pode-se lê-lo e relê-lo e a cada vez obter uma impressão inteiramente nova da realidade.

A primeira de todas as suas obras apresenta uma visão da vida íntima possível para as plantas. Ele a intitulou *Nanna*. O sistema nervoso, eis o fato central no desenvolvimento dos animais. Nas plantas, o desenvolvimento é centrífugo: elas estendem

---

[3] Fechner, *Über die Seelenfrage*, 1861, p. 170.

seus órgãos para fora. Essa é a razão que faz supor que a consciência não é possível para elas, porque lhes falta a unidade que os centros nervosos asseguram. Mas a consciência da planta pode ser de um outro tipo, enquanto ligada a uma outra estrutura. Os pianos e os violinos produzem sons porque têm cordas: segue-se que somente as cordas podem produzir um som? Então, que diremos das flautas e dos tubos de órgãos? Naturalmente, os sons desses instrumentos são de qualidades diferentes; do mesmo modo, pode ser que a consciência das plantas seja de uma qualidade exclusivamente relacionada com o tipo de organização que lhe é próprio. Elas se alimentam, respiram e se reproduzem sem terem necessidade de nervos. Entre nós, essas funções só se tornam conscientes em certos estados excepcionais: normalmente a consciência delas é eclipsada pela consciência que acompanha os movimentos do cérebro. Nas plantas, não há um eclipse desse tipo. Assim, nelas a consciência inferior pode ser tanto mais ativa. Precisando absorver a luz e o ar com suas folhas, deixar crescer e multiplicar suas células, sentir suas radículas aspirarem a seiva — como conceber que elas possam não ter consciência de sofrer, se a água, a luz e o ar lhes forem bruscamente retirados? Como conceber que, no momento da floração e da fecundação que são o ponto culminante de sua vida, possam as plantas não ter de uma maneira mais intensa o sentimento de sua existência e não experimentar um gozo um pouco semelhante ao que chamamos prazer? Será que o nenúfar, acalentado em seu tríplice banho de água, de ar e de luz, não se compraz de maneira nenhuma em sua própria beleza? Quando, em nossa casa, a planta se volta para a luz, quando torna a fechar suas flores na escuridão, quando, em troca do cuidado que temos de regá-la, aumenta de volume ou modifica sua forma e suas flores, com que direito se dirá que ela não sente nada, ou que desempenha um papel puramente passivo?

É verdade que as plantas nada sabem prever, nem a foice do ceifeiro, nem a mão que se aproxima para arrancar suas flores. Não sabem fugir nem gritar. Mas isso apenas prova o quanto a maneira como elas se sentem viver deve ser diferente da dos animais que, para viverem, se servem de olhos, ouvidos e órgãos de locomoção: isso não prova que elas não possuam absolutamente nenhum meio de se sentirem viver.

Como seria pobre a sensibilidade, e como se mostraria dispersa em nosso globo, se desaparecesse a vida afetiva das plantas! Que solidão para a consciência que atravessasse as florestas sob a forma de um gamo ou de um outro quadrúpede, para a que esvoaçasse junto aos rios sob a forma de um inseto! Mas como supor realmente que a Natureza, animada pelo sopro de Deus, possa ser um lugar tão solitário e tão estéril?

Penso ter dito o suficiente para fazer conhecer as obras metafísicas de Fechner, em seus traços mais gerais, àqueles que não as leram; e quero acreditar que para alguns, talvez, a impressão é neste momento a que teriam se as lessem. A idéia particular de Fechner que me interessa expressamente aqui é a crença de que as formas mais compreensivas da consciência são em parte *constituídas* pelas formas mais limitadas.

Não que elas sejam simplesmente a soma destas últimas. Nosso espírito não é simplesmente a soma de nossas sensações visuais, *mais* nossas sensações auditivas, *mais* nossas dores: não, ao adicionar esses termos, ele descobre entre eles relações graças às quais compõe uma trama feita de esquemas, formas e objetos que, isoladamente, nenhum sentido conhece. Do mesmo modo, a alma da terra estabelece entre o conteúdo do meu espírito e o conteúdo do vosso relações das quais nenhum de nossos espíritos tem consciência separadamente. Essa alma possui esquemas, formas e objetos proporcionais a seu vasto campo de consciência, e que não poderia caber no campo muito mais estreito de nosso pensamento. Tomados cada um em nós mesmos, você e eu, somos simplesmente alheios a toda relação um com o outro: para ela, ao contrário, estamos ambos aqui e somos *diferentes* um do outro, e essa é uma relação positiva. O que somos sem que o saibamos, ela o sabe. Nossa porta não se abre para o seu universo, cuja porta, ao contrário, se abre para o nosso. As coisas se passam como se o mundo inteiro da vida interior tivesse uma espécie de linha, uma espécie de Inclinação; como se sua estrutura fosse a de um sistema de válvulas que só permitisse ao conhecimento fluir numa única direção, de tal maneira que a vida mais estreita fosse sempre observável pela mais vasta, porém nunca a mais vasta pela mais estreita.

A grande analogia evidenciada aqui por Fechner repousa sobre a relação que existe entre nossos sentidos e nosso espírito individual. Quando nossos olhos estão abertos, suas sensações entram no movimento geral de nossa vida mental, que necessariamente se acresce com as novas contribuições de suas percepções. Mas basta fechar os olhos para que essas contribuições cessem: não restam mais que os pensamentos e as lembranças devidos às percepções visuais anteriores — pensamentos e lembranças que se combinam, obviamente, com a enorme reserva de outros pensamentos e outras lembranças, bem como com os dados que continuam a entrar pelos sentidos ainda não fechados. Por elas mesmas, nossas sensações visuais ignoram inteiramente essa vida enorme onde vêm desaguar. Fechner pensa, como o faria qualquer homem comum, que elas são aí acolhidas desde sua chegada e fazem imediatamente parte dessa vida enquanto tais. Elas só permanecem no exterior para serem representadas no interior por suas cópias. São somente cópias as lembranças das sensações, assim como os conceitos delas tirados. Quanto às percepções sensíveis propriamente, elas são por elas mesmas e como que pessoalmente ora acolhidas, ora deixadas à porta, conforme os olhos estejam abertos ou fechados.

Fechner compara nossas individualidades terrestres a outros tantos órgãos sensoriais que seriam os da alma da terra. Enriquecemos sua vida cognitiva enquanto dura nossa própria vida. Ela absorve nossas percepções, no momento mesmo em que estas se produzem, na esfera mais vasta de seus conhecimentos, e as combina com outros dados que neles já se encontram. Quando um de nós morre, é como se um olho do universo se fechasse, porque então se encerram todas as percepções que essa região particular do universo fornecia. Mas as lembranças e as relações conceituais, cuja trama se teceu em torno das percepções dessa pessoa, permanecem tão distintas como sempre na vida mais vasta da terra, nela formam novas relações, nela crescem e se desenvolvem em cada um dos momentos que se sucedem a seguir, da mesma maneira que os diversos objetos distintos de nosso pensamento, uma vez na memória, formam novas relações e se desenvolvem ao longo de toda a nossa vida finita. Tal é a teoria da imortalidade, que Fechner publicou pela primeira vez em seu *Büchlein des lebens nach dem Tode* (*Pequeno livro da vida após a morte*[4]) em 1836, e a expôs novamente sob uma forma consideravelmente aperfeiçoada no último volume de seu *Zend-Avesta*.

Elevamo-nos sobre a terra como as pequenas ondas se elevam na superfície do oceano. Desprendemo-nos do solo como as folhas se desprendem da árvore. As pequenas ondas captam separadamente os raios do sol; as folhas se agitam quando os ramos estão imóveis. Elas vivem sua própria história exatamente da mesma maneira como, em nossa consciência, quando um fato se torna predominante, ele obscurece o pano de fundo e o subtrai à observação. Todavia, esse fato age por baixo, sobre o pano

---

[4] Há uma tradução francesa desse texto, in *Patio n° 8*, Ed. de L'éclat, 1987.

de fundo, como a pequena onda de cima age sobre as ondas inferiores, ou como os movimentos da folha agem sobre a seiva no interior dos ramos. O oceano e a árvore inteiros registram a ação da pequena onda e da folha, e se tornam diferentes do que eram por terem sofrido a ação dessa pequena onda e dessa folha. Um pequeno ramo enxertado pode modificar até as raízes da planta onde ele é inserido. Do mesmo modo, nossas próprias percepções sobrevivem a nós, permanecem impressas na alma universal da terra: vivem ali a vida imortal das idéias e se tornam parte do grande sistema. Absolutamente distintas uma da outra, como o éramos enquanto vivíamos, elas não mais existem isoladamente, mas é lado a lado, umas com as outras, como outros tantos sistemas particulares, que elas entram agora em novas combinações, modificadas pelas percepções dos homens que ainda vivem e modificando estas por sua vez, embora os vivos raramente lhes atribuam tal existência e tal ação.

Imaginais que o fato de entrar dessa maneira, após a morte do corpo, numa vida coletiva e de um tipo superior, significa uma perda e uma destruição de nossa personalidade distinta? Fechner vos coloca então a seguinte questão: acaso alguma de nossas próprias sensações visuais existe *menos por ela mesma ou menos distintamente*, seja de que modo isso for, quando entra naquela região de nossa consciência onde relações se estabelecem, naquela consciência superior onde ela é discernida e definida?

Devo interromper aqui minha exposição e vos remeter às obras de Fechner.

Em resumo, vemos como o universo é para ele um ser vivo. E penso que todos admitirão que, ao conceder-lhe a vida, ele lhe dá mais "espessura", lhe dá mais corpo e substância do que davam os outros filósofos que, adotando exclusivamente o método racionalista, atingem os mesmos resultados, mas dando-lhe contornos extremamente *delgados*.

Fechner — como também o professor Royce, por exemplo — admite, em última instância, um espírito único que envolve tudo. Ambos crêem que todos nós, como acontece conosco aqui presentes, fazemos parte integrante desse espírito. Seu *conteúdo* é unicamente nós, juntamente com todas as outras criaturas que se assemelham ou não a nós, e as relações que ele descobre entre nós. Nossas "formas" individuais, reunidas numa só, são substancialmente idênticas à forma *todo* que é sua forma própria, apesar de o todo ser perfeito e de nenhuma forma individual o ser. Devemos, por conseguinte, admitir que novas qualidades, assim como relações não percebidas alhures, resultam da "forma" coletiva. E por isso ela é superior à "forma" individual.

Tendo chegado a esse ponto, Royce nos abandona quase inteiramente a nossos próprios recursos, embora sua maneira de considerar o assunto do ponto de vista moral seja, parece-me, infinitamente mais fecunda e mais "espessa" ou mais rica que a de qualquer outro filósofo idealista contemporâneo.

Fechner, ao contrário, se esforça por mostrar em detalhe, tanto quanto possível, os privilégios que pertencem à "forma" coletiva superior. Ele assinala as diversas etapas e as diversas estações intermediárias pelas quais passa essa síntese: o que somos para cada um de nossos sentidos separadamente, a terra o é para cada um de nós, o sistema solar o é para a terra etc. Se, a fim de nos poupar uma interminável enumeração, ele estabelece um Deus e lhe confere traços quase tão pouco determinados como o fazem os idealistas em relação a seu absoluto, mesmo assim ele nos fornece nitidamente, sob a espécie de uma alma da terra, uma porta graças à qual podemos nos aproximar de seu Deus. É por essa alma que devemos, na natureza, nos colocar inicialmente em relação com todos os reinos que, acima do reino humano, têm uma extensão mais vasta; e é com ela que devemos manter um comércio religioso mais imediato.

O idealismo monista ordinário rejeita toda intermediação. Só admite os extremos, como se, para irmos além do aspecto grosseiro do mundo fenomênico com tudo que tem de incompleto, não pudéssemos nos deparar com outra coisa senão o Ser supremo em toda a sua perfeição. Primeiro, vocês e eu nesta sala; depois, assim que deixamos este nível, o absoluto inefável, o próprio absoluto! Não é esse o sinal de uma imaginação singularmente indigente? Nosso belo universo não será um modelo mais rico que este, e não oferecerá o lugar que se queira para uma hierarquia de seres formando uma longa teoria? A ciência materialista o faz infinitamente mais rico, em termos ou em elementos, com suas moléculas, seu éter, seus elétrons etc. O idealismo absoluto, pensando a realidade apenas através de formas intelectuais, não sabe o que fazer dos *corpos* em seus vários graus, e não sabe utilizar nenhuma das analogias ou correlações psicofísicas. A *tenuidade*, a falta de substância que disso resulta, é chocante quando a comparamos com a consistência, com o arcabouço articulado do universo tal como Fechner o descreve.

Nos que se contentam com esse absoluto dos racionalistas, com esse alfa e esse ômega, nos que o tomam abstratamente como para fornecer à consciência religiosa um objeto adequado, não é lícito ver uma certa pobreza original das necessidades do espírito? Os primeiros a quem as coisas se revelam são aqueles que as desejam mais apaixonadamente, pois o sentimento da necessidade aguça nossa inteligência. Para um espírito que se contenta com pouco, a riqueza do universo pode sempre permanecer oculta.

Este livro foi composto em Sabon pela Bracher & Malta, com fotolitos do Bureau 34 e impresso pela Bartira Gráfica e Editora em papel Pólen Soft 80 g/m² da Cia. Suzano de Papel e Celulose para a Editora 34, em abril de 1998.